Louis Nötel

Es war einmal!

Trauerspiel in 5 Akten

Louis Nötel

Es war einmal!

Trauerspiel in 5 Akten

ISBN/EAN: 9783743312203

Hergestellt in Europa, USA, Kanada, Australien, Japan

Cover: Foto ©Andreas Hilbeck / pixelio.de

Manufactured and distributed by brebook publishing software
(www.brebook.com)

Louis Nötel

Es war einmal!

Es war einmal!

Trauerspiel in 5 Acten

von

Louis Nötel.

Wien, 1886.

Im Commissionsverlag von A. Amonesta,

IV., Margarethenstraße 12.

Ihrer großherzoglichen Hoheit

der durchlauchtigen Frau

Victoria,

Prinzessin Ludwig von Battenberg,

geborenen Prinzessin von Hessen und bei Rhein,

ehrfurchtsvollst

zugeeignet.

Vorwort!

Unter gar manchem Andern, was ich in den letztvergangenen acht Jahren — der Zeit, welche meine gesammte schriftstellerische Thätigkeit in sich schließt — geschrieben habe und drucken ließ, befinden sich auch drei Tragödien!

Die Erste: „Der flammende Stern" hatte das Glück feste Anstellung in den Bücherschränken fast sämmtlicher in deutscher Sprache arbeitenden Freimaurerlogen des In- und Auslands zu finden. Die an solchen Orten aufbewahrten Bücher pflegen, da sie selten oder nie benutzt werden, ein beispiellos hohes Alter zu erreichen. Somit ist Aussicht vorhanden, daß mein dramatisches Erstlingswerk späteren Geschlechtern nicht gänzlich verloren geht.

Die Zweite: „Karl der Große" wurde im Wege des Buchhandels vertrieben und in alle Welt gesandt. Zwei Jahre später waren sämmtliche Exemplare wieder in's Magazin des Verlegers zurückgekehrt — bis auf eines, welches gekauft worden war. — Wo denn? — In einer kleinen ungarischen Stadt. — Von wem?! — Von einem Apotheker. — Für Ungarn hatte ich all' meine Tage ein Faible; nicht so für Apotheker. — Jetzt liebe ich auch diese!

Römische, alemannische und burgundische Krieger.
Alemannische Greise, Frauen und Kinder.

Das Stück spielt in der Gegend zwischen Rhein und Neckar, zur Zeit als die Burgunder noch östliche Grenznachbarn der Alemannen im heutigen Schwaben waren, um 365 nach Christi.

Rechts und links immer vom Zuschauer.

———

Erster Act.

Eichenhain. Im Mittelgrunde der Bühne erhebt sich ein riesiger Eichenstamm, dessen weitverzweigte Wurzeln hoch aus dem Erdboden emporsteigen und natürliche Sitzplätze bilden. Die Aeste verlieren sich in den Soffiten. Im Hintergrunde und an den Seiten junges Gehege.

I. Scene.

Aneorest. Teutwald. Bolchius, etwas später Amalberga und Theolinda, zuletzt Ukromär.

Teutwald

(noch hinter der Scene rechts.

Steh' Schelm und nimm die Strafe für Dein Lügen!

Aneorest

(ein Knabe von circa 14 Jahren, bricht durch das Gestrüpp rechts und spricht, indem er sich dabei umsieht)

Ei, fang' mich erst!

(durch das Umsehen strauchelt er an einer Wurzel und kommt zu Falle)

O das war ungeschickt!

Teutwald

(wird auf der Bühne sichtbar und stürzt sich über den am Boden Liegenden)

Nun hab' ich Dich!

1

Bolchius

(der dicht hinter Teutwald aufgetreten)

Und damit ist's genug!

Ancorest

(der mit dem Leibe auf der Erde liegt und die Stirne auf
die untergeschlagenen Arme drückt)

Laß' ihn nur, Bolchius, gönn' ihm die Freude;
Mir bringt's nicht Schande, trifft er rückwärts mich.

Teutwald

Du willst noch höhnen, Sclave —!

(will mit geballter Faust nach ihm schlagen.)

Bolchius

(fällt ihm in den Arm)

's ist genug!

Teutwald (wüthend)

Loslassen, sag' ich! Ihr verwünschten Knechte!
In allem Schlechten haltet ihr zusammen!
Und gilt's, dem Herrensohn was anzuhängen,
So nehmt ihr Lug und Trug und Spott zu Hilf'!

Bolchius

Hör' auf zu lästern, sonst —!

(Amalberga tritt mit Theolinda, welche einen mit
Haselnüssen gefüllten offenen Korb trägt, von der linken
Seite auf)

Zur rechten Zeit!

Amalberga

Was seh' ich, Teutwald, wie, Du schämst Dich nicht,
Zu knieen auf dem Rücken Deines Gegners?
Wenn er die Brust Dir zeigt, ist er besiegt!

Teutwald (unwillig)

Du weißt ja nicht, um was es sich hier handelt.

Amalberga (zu Bolchius)

Sag' Du es mir!

(faßt Teutwald bei der Hand und führt ihn nach rechts in
den Vordergrund).

Und schweige Du!

Bolchius

Es handelt

Sich eigentlich um nichts; kaum nenn' ich's mehr.

(auf Teutwald zeigend)

Er forderte von Ukromür, bei diesem

(auf Aneorest zeigend)

Die Probe anzuwenden, ob er Muth
Genug besäße, eines Schwertes Stoß,
Zum Scheine nur nach seinem Haupt geführt,
Gestählten Blickes ruhig hinzunehmen.

Aneorest

Und ich bestand die Probe, nicht so er!
Er zuckte einmal mit den Augenwimpern,
Ich sah's genau!

Teutwald
(vor Grimm fast weinend)

Du lügst! Ich zuckte nicht!

Amalberga

Was weiter —?

Bolchius

Er wollt' schlagen, dieser lief
Und kam zu Fall'. Ich wollt den Knaben schützen,

1*

Da wird er wild und schmäht uns weiblich aus,
Nennt Sclaven uns und Lügner —

Amalberga (hocherstaunt)

Teutwald, — Du?
Mein Herzensbruder, dessen sanfter Sinn
Die Mutter wie die Schwester gleich beglückt,
Du schmähtest diese da um ihre Abkunft?

Teutwald

Und ist's etwa nicht so? Sind sie nicht Sclaven?

Amalberga

Ist's ihre Schuld? Und etwa Dein Verdienst
Als Sohn des Edelings zur Welt gekommen
Und durch Geburt ein freier Mann zu sein?
Wie mag ein Sproß des Stammes Thrasamund
Mit einer Zufallsherrlichkeit sich brüsten,
Die wir ererbt, doch nicht errungen haben.

Teutwald (beschämt)

's ist sonst nicht meine Art; doch allzusehr
Ward ich gereizt —, ich habe nicht gezuckt;
Ich sterbe d'rauf: ich habe nicht gezuckt!

Amalberga
(den von rechts auftretenden Ukromür gewahrend)

Zum Glück kommt einer, der den Hergang kennt.
Hör', Ukromür, hier herrschet wilder Streit!
Du kennst den Grund, so schlichte rasch den Zwist!

Ukromür
(ein Mann von 48 bis 50 Jahren)

Ich dacht' es gleich, drum bin ich nachgekommen.

Aneorest (eifrig)

Nicht wahr, er zuckte?

Ukromür

Nein, das thatest Du!

Teutwald (triumphirend)

Da hört ihr's!

Aneorest

Wie, ich hätte —?

Ukromür

Warte doch!

Du zucktest, als Du ihm in's Auge stiertest
Und hieltst Dein eig'nes Zucken für das Seine!
Bei allzugroßer Gier kommt das wohl vor!

Amalberga

Ein Irrthum also?

Ukromür

Weiter nichts!

Teutwald (lebhaft auffahrend)

Nun denn —!

Ukromür

einfallend, ihm die Hand beschwichtigend auf die Schulter
legend)

Du bist ein Held, das darf Dir Niemand streiten
Und wirst ein Kriegsmann, wie noch keiner war.

Aneorest

Und ich — was werde ich — ?

Ukromür

(ihm leicht auf die Backe schlagend)

Ein Raufbold höchstens,

Wenn Du's so weiter treibst. — Sag', irrtest Du?

Ancorest

Wenn Du es sagst, dann wird es wohl so sein!

(zu Teutwald, ihm die Hand bietend)

Verzeihe Du, ich seh' mein Unrecht ein.

Teutwald

Und ich das meine!

(gibt ihm die Hand)

Sei mir wieder gut!

(zu Theolinda hinüber gehend, fast zärtlich)

Und Du, warst Du gekränkt durch meine Rede?

Theolinda

Es war nicht hübsch von Dir.

Teutwald

Ich bat schon ab.

Du trägst den schweren Korb; komm', gib ihn mir.

Theolinda

Das ziemt sich nicht für einen Edeling!

Teutwald

O das ist häßlich: wirst Du lange schmollen?

Theolinda

Wirst Du den Bruder nochmals Sclave schelten?

Teutwald

Nein, nein, mein Wort darauf!

Amalberga

In diesem Hause

War nie ein Abstand zwischen Herr und Knechten
Und wie die Väter es zu halten pflegten,
So wird auch Teutwald seinerzeit es richten,
In seinem Haus' ein milder Herrscher sein.
Geht jetzt davon und bringt die Frucht in's Haus.

Teutwald (zu Theolinda)

Ich bitte Dich, die Last ist Dir zu schwer!

Theolinda

Wär' dies das Schwerste doch für mich zu tragen.

Teutwald

Ich nähme gern Dir jeden Kummer ab.

Theolinda (komisch zornig)

Nun, so faß' an, worauf nur wartest Du?

Teutwald

Ja darf ich denn?

Theolinda

Ich hab' nichts zu erlauben,

Du bist der Herr —! (auf den Korb zeigend) Wenn Du

ihn nehmen willst —!

Teutwald

(sieht sie einen Moment lang verdutzt an, dann nimmt er
rasch den am Boden stehenden Korb auf, wirft ihn mit
einem Ruck auf die Schulter und eilt dann Seite rechts ab).

Theolinda

Ei, warte doch! So war's ja nicht gemeint.

(eilt ihm nach).

Aneorest und Bolchius

(gehen auf Amalberga zu und küssen ihr Gewand)

Wir danken Dir!

Amalberga

(streichelt Aneorest's Locken)

Du kleiner Kampfhahn, Du!

Bolchius

(den Knaben entschuldigen wollend)

Es war nicht bös gemeint.

Amalberga

Ich weiß es wohl

Aneorest

Willst Du vielleicht mich auf die Probe stellen?
Ich zucke nicht —!

Ukromür (böse thuend)

Willst Du davon Dich machen!
Im Augenblick!

(die Knaben laufen nach rech's ab.)

II. Scene.

Amalberga. Ukromür.

Amalberga

Was denkst Du von dem Knaben?

Ukromür

(in stolzer Vaterfreude auf die Brust schlagend)
Gesundem Keim entwächst ein starker Stamm!

Amalberga

Ich meinte Teutwald jetzt; bemerktest Du,
Wie sanft er ward beim Anblick Theolindens?
Es fiel mir auf!

Ukromür (erstaunt)

Du denkst doch nicht —?

Amalberga

An Liebe!
Warum auch nicht? Es gäb' ein prächtig Paar.

Ukromür (ernsthaft)

Das lass' den alten Thrasamund nicht hören,
Nein wirklich, thu' es nicht. Es könnte schaden
Dem armen Kinde.

Amalberga

Geh, Du siehst zu schwarz!
Wenn Teutwald Mann erst und des Hauses Herr,
Besitzt er Muth genug, sich das zu nehmen,
Was thöricht Vorurtheil ihm heut' versagt.
Mein Vater schon bot Dir die Freiheit an;
Du schlugst sie aus!

Ukromür

Was konnte sie mir nützen?
Ein armer Freier ist gar übel dran;
Nicht Fisch, nicht Fleisch!

Amalberga

Doch um der Kinder willen?

Ukromür

Will ich's das nächste Mal mir überlegen.
Brich ab davon! Du sorgst für And'rer Freiheit,
Indeß die eig'ne Dir verloren geht.
Denk' an Dich selbst!

Amalberga

Was willst Du damit sagen?

Ukromür

Die ganze Magschaft sitzt im Haus beisammen
Und plant bei Speis und Trank Dein Eheglück!
Sie findet, daß Du lang genug gewartet
Und führt darum den Freiersmann Dir zu.

Amalberga (erschreckt)

Mir, die der Erde Freuden sich entschlagen
Und ganz dem Dienst der Götter leben will?
Ich mich vermählen? Wem? Ich, Amalberga,

Die Tochter Antabog's, dem ersten Besten,
Den mir die Magschaft zuführt? Weißt Du Einen,
Der würdig wäre, mich sein Weib zu nennen?

Ukromür

Hier in der Nähe nicht und wahr ist wahr,
Die guten Vettern denken ebenso!
D'rum haben sie Dir einen Mann erkoren
Von unser'm Stamme zwar, doch weit entfernt
Liegt sein Besitz, schon fast zu weit für Dich
Und auch für ihn und darum bleibt er hier.
Er fänd' auch wohl den Weg nicht mehr zurück.
Ein vielerfahr'ner Mann ist's. Gut bewandert
In dieses Hauses letzter Leidgeschichte,
Wußt' er in wohlgesetzter langer Rede
Den Blinden gänzlich für sich einzunehmen
Und auch die Sippe. Gleich wie Thrasamund,
So haßt auch er das Alemannenvolk
Und dessen Führer: Herzog Withikon,
Der, weil sein Vater einst den Deinen schlug,
Für dieses Hauses schlimmsten Todfeind gilt.

Amalberga

Ich zählte kaum zehn Winter, als geschah,
Was Alle uns mit Leid und Kummer füllte.
Nie ward mir's klar. — Sag' ehrlich — Ukromür —
War's wirklich Mord —?

Ukromür (sich erst umsehend)

Behalt's für Dich.
Daß Antabog im off'nen Kampfe fiel,
Besiegt von Chnodomar, darf hier nicht gelten,

Das läßt Familienehre schon nicht zu.
Ich sage: Ehre — eigentlich ist's Dünkel —!
Muß der Besiegte denn ein Feigling sein?
Er fiel im Zweikampf, starb an seinen Wunden,
Und diese saßen sämmtlich in der Brust,
Nicht eine rückwärts. Somit war's nicht Mord!
Jedoch da spielen and're Dinge mit. —
Den alten Streit der beiden Nachbarstämme
Um den Besitz der heil'gen Salzesquellen,
Hält man auf uns'rer Seite gerne frisch.
Käm' es zum Richterspruch — wir wären d'rum!
So brechen wir, wenn's gar nicht anders geht,
Uns Grund zum Streit vom Baume. So auch damals.
Dein Vater fiel und die Familienrache
Kam ganz gelegen, jeglichem Vergleich
Auf lange Zeit die Pforten zu verschließen.

Amalberga
(in die Seite rechts sehend)
Dort naht der Greis, geführt von seinen Schwähern.
Ist jener Fremdling, der zur Seite schreitet —?

Ukromür
Der Freiersmann. Nicht wahr, ein fein Gesicht!

Amalberga
Du — höhne nicht. Frei will ich Dir gestehen:
Es faßt mich Angst. Was Schlimmes Du verkündet,
Verlor an Schwere durch die leichte Art,
Wie Du es vorgebracht. Leicht faßt' ich's auf,
Nun naht der Ernst. — Nie werde ich mich fügen
Und gält's das Leben.

Ukromür

Ei, es wird ja nicht!

Amalberga

Ich weiß, Du liebst mich. Stets war ich Dir hold.
Kann ich in ernster Stunde auf Dich zählen?

Ukromür

Ich liebe Dich wie eigen Fleisch und Blut
Und bin bereit mein Leben hinzugeben,
Wenn es Dir nützen kann.

Amalberga

Ich bau' auf Dich.
Bleib' mir getreu!

Ukromür

Für's Leben!

Amalberga

Warte hier.

III. Scene.

Vorige. Thrasamund,
geführt von Anshelm und Karolam; Thegabrecht
folgt ihnen.

Thrasamund

Ist Amalberga hier?

Amalberga

(geht auf ihn zu, faßt seine Hand, beugt dann das Knie
und berührt diese mit ihrer Stirne)

Ich grüße Dich
Mein theurer Ahn'.

Thrasamund

Ist sonst Jemand zugegen?

Amalberga

Nur Ultromär.

Thrasamund

Der Schalk? Er möge bleiben.
Laß' mir die Hand.
(Er geht einige Schritte nach der Mitte zu)
Beschattet mich die Eiche,
Die meines Sohnes Ruhestätte heiligt?

Amalberga

Ihr dichtes Blätterdach deckt Deinen Scheitel.

Thrasamund

Ich sah sie siebzigmal sich neu begrünen,
Dann ward es Nacht. — Ich habe lang gelebt
Und viel erfahren. Mehr als achtzig Winter
Schlägt schon dies Herz. Zeit ist's zum Schlafengehen.
(Er wird von Amalberga zu einer weitvorspringenden
Wurzel geleitet, worauf er sich niedersetzt.)

Amalberga

Wie bist Du heute ernst und feierlich!

Anshelm

Vergaßest Du? Es war zur Erntezeit
Vor vierzehn Wintern. Wenn die Sonne sinkt,
Schwand vierzehn Mal das dreigetheilte Jahr,
Seitdem Dein Vater fiel —

Thrasamund (einfallend)

Von Mörderhand!
Der Alemannenherzog Chnodomar
— Verdammt sein Angedenken — lebt nicht mehr,
Er starb den Strohtod in Gefangenschaft.
Das ist mein Trost: Walhall ist ihm verschlossen,

Ihm ist verwehrt mit Göttern Meth zu trinken;
Nicht von der Wahlstatt trug man ihn hinauf!
Zum Gürtel wallt herab mein weißer Bart
Und mahnt mich täglich an das Rachgelübde,
Das unerfüllet blieb bis diesen Tag.
Ich selbst bin alt und blind, ein siecher Stamm:
Ich kann vom Eide mich nicht selber lösen.
Ein And'rer will's! Hier dieser Ehrenmann
Von uns'rem Stamme, bietet frei sich an,
Und die Familie wählte ihn zum Gatten
Für Amalberga, Tochter Antabog's.

Amalberga

Für mich — nicht doch! Wer ist der Fremde denn?

Thrasamund (zu Thegabrecht)

Sag' uns in Kürze, was von Deiner Herkunft
Und Deinem Leben ihr zu wissen nöthig.

Thegabrecht

Ich hab' Dich, Jungfrau, nie zuvor gesehen
Und auch von Deinem Dasein erst vernommen,
Als ich vor vierzehn Nächten Gastfreund wurde
Des edlen Anshelm, Deiner Mutter Schwäher.
Ihn kannt' ich schon, bevor das Schicksal mich,
Zehn Winter sind es, fort nach Rom getrieben,
Woselbst ich milde Sclavenketten trug.

Thrasamund

— Wie, ein Burgunder und ein Sclave Rom's?
Seit fast der Dauer eines Menschenlebens
Sind wir mit Rom im allertiefsten Frieden.
Wie kommt ein freier Mann in solche Noth?

Thegabrecht

Geerbt vom Vater, den die Götter liebten,
Hatt' ich ein weites Haus und Hof und Feld.
Ihm war vergönnt den Schlachtentod zu sterben,
Zu Walhalls Wonnen ging er würdig ein.
Wie es seit grauen Zeiten Volkessitte,
Verlebt' ich spielend meine Knabenjahre
Und kaum nur erst zum Mann herangereift,
Sah ich mich schon als Herrn des großen Gutes,
Eh' mir sein Werth noch völlig war bekannt. —
Es war zur Zeit der langen Waffenruhe,
Wo träg' sich zeigten Mannesmuth und Kraft.
Die Jagd auf Bären und das Wiesendthier,
Das ungezügelt wild durch Wälder streift —
War einziges Geschäft des Edelings.
Es ist bekannt, so hier wie aller Orten,
Daß Gastfreundschaft zu üben uns're Tugend,
Den Fremdling wie den Nachbarn reich zu laben
Und selbst dabei dem Trinkhorn zuzusprechen,
Uns Freud' und Wonne, ja Bedürfniß sind.

Karolam

Ganz gut fürwahr! So ist's Germanenweise.
Nächst Kampf und Jagd, die wir am meisten lieben,
Gibt's kaum noch Schöneres, als faul zu liegen
Auf dicker Bärenhaut am Feuerherd,
Bei Trunk und Spiel —

Thegabrecht

         Davon will just ich reden!
Daß solche Schlemmerei nicht dazu dient,

Uns in der Meinung And'rer hoch zu stellen,
Hatt' zu erfahren ich Gelegenheit
Bei langem Aufenthalt im einz'gen Rom.

Karolam

Ich mein', das nimmt uns nichts von unf'rem Werthe!
Wir können trinken und ich geb' es zu:
Wir leisten viel darin! Reicht nicht der Tag,
So nehmen wir auch noch die Nacht zu Hilfe.
Doch hält's nicht ab, sobald der Heerruf tönt
Uns angenblicks auf's rasche Roß zu schwingen
Und Speis' und Trank verschmähend, Tag und Nacht
Des Feindes Schaaren mit dem Schwert zu lichten.
Wir können trinken, kräftig können wir's —,
Doch schlagen mein' ich, können wir wohl auch!

Ukromür

Das weiß sein einzig Rom so gut wie er!

Thrasamund

Genug der Rederei. —
(zu Thegabrecht)
Komm' auf den Kern!

Thegabrecht

Der bitt're Kern der minder harten Schale
Heißt Sclaverei! Ich bin dazu gekommen
In Folge starken Trunks und scharfen Spiels.
An Withikon, den Alemannenfürsten,
Verlor ich Haus und Hof und Vieh und Feld,
Dann meine Waffen noch und mich dazu!

Thrasamund

Der Fall ist nicht vereinzelt, auch nicht selten
Und schmälert Deinen Werth nicht. Weiter sprich:
Was that nun Withikon?

Thegabrecht

Daß ich noch lebe
Und — gern gesteh' ich's, daß ich besser lebte
In jener Stadt des Glanzes und der Künste,
Wie hier im Heimatland —, ihm dank' ich's nicht!
Im finstern Groll um leichten Zwistes willen
Verschenkte er den leichterworb'nen Sclaven
An Usetin, den römischen Legat.

Thrasamund

(nach kurzem Stillschweigen)

Es kam wohl vor, daß man solch edeln Sclaven,
Der seine Freiheit ließ im wilden Spiel,
Verkaufte an ihm anverwandte Freunde,
Die so ihn löften von der Knechtschaft Schmach.
Doch daß Germanen, wenn auch and'ren Stammes,
Den eingebor'nen Sohn des Vaterlandes
An Römer — schenkten, das war mir noch neu.
Noch Eines melde uns: wie ward'st Du frei?

Thegabrecht

Nicht lange war's nach jener Gasterei,
Die so verderblich für mich enden sollte,
Als Usetin zurück nach Rom berufen
Und zum Präfecten dort befördert ward.
Er war mir wohlgesinnt, ein güt'ger Herr.
Dort erst ging mir ein neues Leben auf!

2

Ich sah den Einzug des Constantius,
Des großen Cäsars, der zu Byzanz thronte,
Eh' er sich rüstete zum Perserkrieg.
Der völlig fremde Glanz von Edelsteinen,
Von goldgeschirrten Pferden, Kleiderpracht
Und Frauenschmuck —, dies alles machte wirbeln
Den Kopf des rauhen Sohnes dieser Wälder
Und in Verzückung jauchzte frei ich auf.
Deß freute sich des Usetin Gemahlin
Und ließ den ungelenken Waldbarbaren
Theilnehmen an dem Unterricht der Söhne
In freien Künsten und Gelehrsamkeit.
Auf ihr Betreiben ward ich frei gelassen;
Versah darauf im Heer ein Ehrenamt
Und forderte, als Armuth nicht mehr drückte,
Erlaubniß mir, zur Heimat rückzukehren,
Um meine Rache, die ich schwur, zu kühlen
Und frei zu leben als ein freier Mann.

Thrasamund

Nicht Alles kann ich loben, was Du sprachst.
Dein Mund verherrlicht froh das Römervolk,
Das seiner Macht den Erdkreis unterwerfen
Und auch Germaniens Völker knechten will!
— Wie hat die Zeit so vieles doch verändert!
Ein solches Wort an solchem Ort gesprochen,
Ward, als ich jung noch war, mit Tod gebüßt. —
Ganz anders denkt man heute. — Mag's denn sein!
Und weil Du frei zum Rächer Dich erbietest
Vergoss'nen Blutes, das auf Sühnung harrt,

So stimm' ich zu dem Ausspruch der Familie
Und nehm' Dich an als künft'gen Hausgenossen,
Als Gatten dieses, meines Enkelkindes.

Amalberga

Ohn' daß man mich befragt —?

Thrasamund

Seit wann wär's Sitte?
Kann ich, ein blinder lebensmüder Greis,
Gleich nicht dem Niedergang der alten Bräuche
Im Großen wehren und die Schranke ziehen
Dem neuen Geiste — hier in meinem Hause
Bleibt es so lang ich lebe noch beim Alten:
Hier gilt nur Eines Wille, der des Herrn!

Amalberga

(in großer Aufregung)

Und dennoch — nein —!

Thrasamund (hocherstaunt)

Wer spricht?

Ukromür (leise zu ihr)

Geh scheinbar ein!
Verlange Aufschub, — wart' — ich werd es machen.

(laut, in seinem gewöhnlichen freimüthigen Tone)

Daß Du der Herr bist, wer bezweifelt das?
Und daß im Hause Jeder Dir gehorcht,
Auch Amalberga, ist ja selbstverständlich.
Indessen, Herr, erlaubt mir eine Frage:
Hat auch Thiota sich für ihn entschieden?

Anshelm

Der Götter Wille ward durch's Los erkundet:
Die Magschaft fordert es, das ist genug.

2*

Akromär

Ihr habt die Zeichen sicher falsch gedeutet,
Das kommt wohl vor. Thiota sprach noch nicht?

Anshelm

Verweis' ihm, Thrasamund, sein freches Reden!
Das könnte fehlen, daß ein Weiberspruch
Den wohlbedachten Plan durchkreuzen sollte!

Thrasamund
(sich erhebend, feierlich)

Hoch ehrt bei uns'rem Volk der Mann das Weib;
Er fühlt das Gottverwandte im Gemüthe
Des reinen Wesens, das sich ihm vermählt.
Ein heilig Ahnendes wohnt ihnen inne.
Darum verschmähten uns're Väter nicht
Der Frauen Rath und hörten ihre Rede.
Thiota aber, meines Sohnes Gattin,
Seitdem sie Witwe ward, kargt mit den Worten,
Und was sie spricht ist dunkel — räthselhaft,
Jedoch bedeutungsvoll!

Amalberga
Das sagst Du selbst

Und trotzdem wolltest Du den Rath nicht hören
Der Mutter, die dem Herzen doch der Tochter
Am nächsten steht? Der Väter Sitten
Sind Dir heilig stets gewesen, sind es noch
Und dennoch —?

Anshelm
Zeig' Dein Anseh'n, Thrasamund!

Thrasamund

(nach kurzer Pause, ernst)

Es soll kein Vorwurf mein Gewissen lasten!
Die Tochter mag mit ihrer Mutter sprechen
Und was sie urtheilt, sei von uns erwogen.

(zu Thegabrecht)

Ich bleibe Dir im Wort. Nach vierzehn Nächten
Komm' wieder, um den letzten Spruch zu hören.

Akromür

Und bringe, wie sich's für den Freier ziemt
Das Widum mit. Ganz sicher wird's gehalten,
Wie's seiner Zeit der edle Thrasamund
Bei seines Sohnes Eheverlöbniß hielt.
Ich irre nicht: es waren zwanzig Rinder,
Ein reichgezäumtes Pferd nebst Schild und Frieme
Und starkes Schwert dazu. Auf solche Gabe
Empfing sein Weib der edle Antabog.
So hältst Du's wieder? Nicht?

Thegabrecht (bei Seite)

Verdammter Schuft!

Thrasamund

Ich glaubte diesen Punkt als selbstverständlich,
Erledigt schon durch Anshelm, meinen Schwäher,
Was damals galt, das gilt auch heute noch.
Und so steht's fest! Begleitet mich in's Haus.
Vom vielen Reden bin ich müde worden.
Wohl dem, der handeln kann; ich kann's nicht mehr,

Bin unnütz auf der Welt — mir selbst zur Last
Und möchte bald bei meinem Sohne ruh'n.
(Nach einer Pause, feierlich)
Doch nicht bevor ich meinen Eid gelöst!
— Ein And'rer will's an meiner Statt — gut — gut!
Und so steht's fest! Zur Ruhe dann — zur Ruhe!
(von Anshelm und Karolam geführt, ab, von wo er gekommen.)

IV. Scene.

Amalberga. Thegabrecht. Utromür.

Thegabrecht
(vor Amalberga hintretend)

Ich lernte nun von Angesicht Dich kennen,
Die mir seither vom Bilde war bekannt,
Das eines Gastfreund's schwache Zeichnerkunst
Im Umriß nur entwarf. Der Sippe Wort
Hab' ich erlangt; das fehlende der Mutter
Denk ich nach vierzehn Nächten mir zu holen,
So wie Dich selbst. Nicht fürchten darfst Du mich!
Der rauhen Sitten dieses rauhen Landes,
Entäußert' ich mich längst im schönen Rom.
Mein künftig' Heim darf nicht des Schmucks entbehren,
Der wohnlich es dem Mann von Bildung macht.
Und eine Frau führ' ich als Herrin ein,
Um die mich Römer selbst beneiden sollen;
D'rum kann sie Dienerin und Magd nicht sein.
Steh deßhalb ab von thörichtem Verlangen
Nach Rindern, Pferden! Nimm als Brautgeschenk
An Gold und Perlen, Schmuck und Edelstein,
Was ich besitze und das ist nicht wenig
Und gib Dich mir! Du wirst es nicht bereu'n!

Amalberga

Mein rauhes Heimatland war stets mir heilig
Und wird es bleiben bis an meinen Tod
Und drüber noch hinaus, auch seine Sitten.
Gold und Geschmeide schätzen wir gering.
Für uns Germanen hat ein Ding nur Werth,
Das zum Gebrauche dient —

Ukromür

Und das sind Rinder!
Und für die Schlacht ein Pferd; denn Kampf und Blut
Liebt Mann wie Weib mit gleicher Leidenschaft.
Auch hängt des Hauses Herr, der blinde Mann,
Getreu am Alten. Wie er's sagt, so bleibt's.
Der hat 'nen Schädel, hart wie Eichenholz.
Frag' später an!

Thegabrecht

(mühsam seinen Zorn unterdrückend)
Geduldig habe ich
Bis jetzt Dein freches Reden hingenommen.
Du giltst im Hause viel, das seh' ich wohl;
Doch bin ich nicht gewohnt, von irgend wem
Und gar von Knechten höhnen mich zu lassen.
Gib Acht, daß wenn erst Herr ich dieses Hauses,
Ich nicht vergesse, daß zu Rom ich lebte
Und nach der alten Weise dieses Landes
Im Zorn Dich tödte, wie ein wildes Thier.
(zu Amalberga)
Dir bring' ich, wie Du wünschest, Pferd und Waffen!
(Ab Seite rechts.)

V. Scene.

Amalberga. Ukromür.

Ukromür

Hab' keine Angst! Wie wollte er's erlangen?
Hier treibt man keinen Handel, kennt nicht Geld!
Man tauschte sonst ein Pferd mit sechs Stück Rindern;
Doch an der Grenze hier, wo ewig Krieg
Des Salzes wegen mit den Alemannen,
Ist Jedem noth sein Pferd wie Speis und Trank!
An alledem was er zuvor erzählte,
Ist kaum ein wahres Wort. Weißt', was ich glaube:
Er dient den Römern hierorts als Spion!

Amalberga

O pfui doch — ein Germane!

Ukromür

Wär's der Erste?
Der ist auch keiner, will ja keiner sein!
Ein römischer Spion, glaub's, ich hab' Recht,
Wenn nicht noch Schlimmeres!

Amalberga

O hättest Du
Beweise doch!

Ukromür

Ich suche sie. Indessen
Vertraue nur den Göttern, denn sie lieben
Dich mehr als ihn!

Amalberga

Dein Frohsinn gibt mir Muth
Und ich gestehe Dir, trotz allen Ernstes,

Den diese Ehewerbung mit sich führte,
Hab' ich an alter Ruh und Fröhlichkeit
Nur wenig eingebüßt. — Weißt Du warum?
Von dieser Eiche dichtem Laub beschattet,
Betrachte ich mich in des Vaters Schutz,
Deß Herzensliebling von Geburt ich war.
Er ist um mich; d'rum weil' ich hier so gerne —
Und säuselt lind der Wind durch Ast und Blatt,
So achte ich's als Liebesgruß des Vaters,
Der mit den Göttern Asgards Frieden theilt.

Ukromür

Du herrliches, Du kindlich reines Wesen!
Ja, ja, erhalte Dir den frommen Sinn.
So ist's! Dein Vater schützt Dich. Er dort oben
Und hierorts — thut es noth — m e i n starker Arm!
Doch sag' mir eins! Was brachte Dich darauf,
— So jung und schön —, den Göttern Dich zu weihen?
Das war doch früher nicht Dein Wunsch und Wille?

Amalberga

Hör' an! Wenn wieder nahen wird das hohe Fest
Der Wintersonnenwend' und es beginnt
Für uns ein neues Jahr mit Schluß der ‚Zwölften‘,
So kehrt zum ersten Mal der Denktag wieder,
An dem geschehen ist, was ich berichte.
In der gedachten Zeit, wo Götter wandeln
Auf ird'schen Pfaden und die Menschen prüfen,
Rang Teutwald, wie Du weißt, in Fieberhitze
Mit den geheimnißvollen, dunkeln Mächten,
Gesandt von Hel, die tief im Finstern herrscht.

Die Mutter, wohlbekannt mit Runenzauber
Und im Bereiten heilungsfähiger Tränke,
Verließ den Kranken nicht bei Tag und Nacht.
Der Blinde saß dabei und grauenvoll
Entquollen seinem Munde Klagetöne,
Um das Vergehen dieses mächt'gen Hauses,
Das mit des Enkels Tod zusammenbricht.
Ich sah den Bruder leiden, sah den Blinden,
Den hilflos, alten Mann — die stumme Mutter —
Und mich erfaßte namenloses Weh.
Da, wie ich's immer thue, wenn ein Kummer
Das Herz belastet, eilte ich hierher
Und warf mich nieder auf die harte Erde
Und rief den Vater an in meiner Noth.
Mit meinen Thränen wärmte ich den Boden
Und unter meinem Jammer schmolz der Schnee.
Ich flehte zu dem Geist des Abgeschied'nen,
Vom höchsten Gotte, dem er täglich nahe,
Für meinen Bruder Heilung zu erbitten.
Laut rief ich aus: Wer soll Dein Kind beschützen,
Wenn es mein einz'ger Bruder nicht mehr kann?
Da plötzlich knistert's! — — Von der Eiche Wipfel
Fällt jäh herab ein abgestorb'ner Ast.
Schnell fuhr ich auf, dem Schlage auszuweichen
Und sah empor! Und da erblickte ich —!
Sieh — da war ich — und dort auf jener Wurzel
Da stand, vom Mondenscheine voll getroffen
Ein Mann im Kriegerschmuck, verschwenderisch
Mit Donars Kraft und Baldurs Reiz geschmückt,

Der hielt mit ausgestrecktem, starkem Arme
Den schweren Ast, der sonst mich sicher traf
Im Sturze auf — und eine mächt'ge Stimme
Hört' ich erklingen: Weiche schnell zurück! —
Ich that's und lief davon und hinter mir
Fiel dröhnend nieder dann der todte Baum.
Da schwand der Mond und dichte Flocken fielen,
Auch die Erscheinung schwand, doch wieder rief's:
Die Götter hörten Dich und wie sie eben
Bewahrten Dich vor schwerem Leid und Tod,
So werden sie auch ferner um Dich sein,
Sobald Du gläubig ihren Schutz erflehst.
— — Du schweigst?

Ukromür
Ich wart' auf's Ende.

Amalberga
Wie, ein Ende?

Den Göttern Preis, daß es kein Ende gab.
Teutwald genas, das böse Fieber wich
Und als ich froh der Mutter dann erzählte,
Daß mein Gebet das hohe Wunder wirkte,
Daß uns der todte Vater den Erretter
Aus Walhalls gottgeweihter Kriegerschaar
Im höchsten Augenblick der Noth gesandt,
Da sah sie starr mich an und Thränen füllten
Das längst hievon entwöhnte Augenpaar.
Dann hauchte sie kaum hörbar: Deinem Schutze
Empfehle ich mein Liebstes! Wache — wache!

Ukromür

Ist alles schön — indessen — !

Amalberga (verletzt)

Störe nicht
Durch Deinen Zweifel meinen festen Glauben:
Daß ich nach Vaters Wille auserfehen,
Mich in der kurzen Zeit des Erdenwallens
Zu einstig ew'gem Dienst in Götterhainen
Vorzubereiten; was vom Thiere nicht
Uns unterscheidet, in mir zu ertödten
Und rein zu schreiten einst in Wotans Saal.

Ukromür

Man hat kein Beispiel, dünkt mich —.

Amalberga

Daß Sterbliche
Zu allen Zeiten waren, die von Göttern
Der Erd' entrückt und ewig sind geworden?
Gibt es nicht irb'sche Nornen? Ward die Gabe
Der Weissagung nicht Frauen übertragen?
Denk' an Veleda doch, die Bruktrerin,
Die göttliche Verehrung schon hienieden,
Nicht bei Germanen nur allein, genoß.
Und noch von Andern weiß man zu erzählen,
Die den Walküren wurden beigesellt,
Nachdem sie kriegerisch Gewerb' ergriffen
Und ew'ge Jungfrauschaft den Göttern schwuren.

Akromür (begütigend)

Nun ja doch, ja, ich sage schon nichts mehr!
Wüßt' ich bestimmt nur, daß ein Gott es war.
Er kam nicht wieder?

Amalberga

Die Götter zeigen
Den Menschen einmal sich und dann nicht wieder.
Dein Zweifel wirkt ernüchternd und ich möchte
Die weihevolle Stimmung mir erhalten,
In die Erinnerung an jene Stunde
Mich liebevoll versetzte. Fort zur Mutter,
Mir Trost und Rath zu holen. Heute noch
Sei ein für alle Mal das Wort gesprochen,
Das jedem Freiersmann den Eintritt wehrt.
Des Hauses Pforte steht dem Wand'rer offen!
Dem Suchenden nach Frauenlieb' und Gunst
Schließt sie mit heute sich für immer zu!
(Ab rechts.)

Akromür
(den Baum betrachtend)

Hm, hm! Ein Gott! Ich hab' den Ast gesehen.
Ihn fortzuschaffen, mußt' ich Hilfe suchen.
Wer den mit einer Hand im Sturze fing,
Der konnt' kein Schwächling sein! — Jedoch ein Gott?
Neugierig wie ich bin, wär' ich der Spur
Im Schnee gefolgt — war eine solche da —,
Wenn nicht — dann war's ein Gott! Ich wünschte
                                             sehr
Ich wär' zugegen, wenn er wieder käme.
    (Ab Seite rechts.)

VI. Scene.

Von hinten links durch die Büsche.
(Die Germanen trugen das Schwert an der rechten Seite.)

Withikon

(ein junger Mann von circa 33 Jahren, heldenhafte
Erscheinung, gewappnet mit Schuppenbrustharnisch, Schild,
Speer und Schwert)
Das ist die Stelle!

Rando

Fast zu weit entlegen
Vom Weideplatz der Pferde.

Withikon

Kurze Zeit
Nur denke ich zu weilen

Rando

Abend ist's!
Und jetzt wo Tag und Nacht an Zeit sich gleichen,
Ist Dämmerung nur kurz. Schnell kommt die Nacht
Und tiefe Finsterniß herrscht dann im Wald'.

Withikon

Sie stört uns nicht; die volle Mondesscheibe
Erscheint am blauen Dach des Weltgebäudes
Und keine Wolke wehrt dem sanften Licht.
Kehr' nun zurück zum Standplatz uns'rer Pferde.

Rando

Ich geh' nicht gerne. Eine Tagereise
Dehnt sich die unbewohnte off'ne Haide,
Die Grenze bildend zweier Nachbarstämme,

Die sich seit Menschendenken wild befehden.
Und Du, so ganz allein auf Feindesboden — !

Withikon

Sei ohne Furcht, ich habe meine Waffen!
Und außerdem — sei's offen denn gesagt:
Heut' weich' ich Allem aus, was Mann sich nennt!
Die Ursach dessen, was mich hergeführt,
Ist eine Neigung, die in mir erwachte
Vor — sieben Monden sind's — zu einer Maid,
Die hier am Aschenhügel ihres Vaters,
Nicht ahnend, daß ein Menschenohr sie höre,
Des Wesen Innerstes den Göttern zeigte. —

Rando

Und sprachst Du sie nicht an — ?

Withikon

Ich hielt's für Frevel
Die fromme Andacht durch ein Wort zu stören,
Das allzuweltlich ihr das Hochgefühl
Des hehren Augenblicks verkümmern konnte;
Wie ich gekommen, schlich ich still davon.

Rando

Und kamst nicht wieder?

Withikon

War es möglich denn?
Kaum heimgekehrt in meine Felsenburg,
Kam mir die Nachricht von des Cäsars Nahen
Und schon der nächste Morgen sah die Schaar
Der Alemannen, mich an ihrer Spitze,

Dem Feind' entgegenzieh'n. Jetzt kehrt' ich heim
In meine freudelose Väterburg,
Da wachte plötzlich die Erinn'rung auf
An die Begegnung — und so bin ich hier.

Rando

Vom Feindesstamme willst ein Weib Du küren?

Withikon

Ich hoffe mir, in Folge dieses Schrittes,
Burgundens Mannen ewig zu verbinden
Zu Schutz und Trutz. Fürwahr, es thäte noth!
Denn Valentinian, obwohl geschlagen,
Weicht dennoch nicht zurück. Sind wieder frisch
Die Lücken ausgefüllt, rückt er auch vor!
Sehr fraglich ist's, ob wir dann stark genug,
Wir ganz allein, den Anprall abzuwehren.

Rando

Ganz klug. Jedoch die Priester und die Krieger!
Falsch werden sie es deuten, daß der Führer
Den edlen Jungfrau'n seines Heimatlandes
Die Fremde vorzieht! —

Withikon

Fremde? Wer ist fremd?
Wer gleiche Sprache spricht, wer gleichen Gott
Wie ich verehrt, der ist von meinem Blute;
Der darf auf Brudertreue bei mir zählen,
Der ist Germane — und das bin auch ich! —
Geh' zu den Pferden. — Findest Du den Weg?

Rando

Zu fehlen ist er nicht. Am Bachesrand
Stets aufwärts steigend, sind's zweitausend Schritte.

Withikon

Die Götter schützen Dich!

Rando

So wie auch Dich!
(ab Seite links, wo er gekommen.)

VII. Scene.

Withikon. Thegabrecht.

Thegabrecht

(wird im Hintergrunde rechts sichtbar, indem er die Zweige
des Gebüsches, hinter welchem er versteckt gewesen, auseinan-
anderbiegt)
Ein Alemannenfürst —? Am Ende gar —?!
Das wäre!! Vorsicht nur! Zunächst das Pferd;
Vielleicht auch Beide! Dies das Wichtigste!
Auch Waffen finde ich. — Ein todter Mann
Hat sie nicht nöthig mehr. Die Braut ist mein!
(verschwindet hinter den Büschen.)

Withikon

(nach rechts in die Scene blickend)
Die Sonne schwindet; ihre letzten Strahlen
Beleuchten liebevoll das Hügelland,
Das sich zu meinen Füßen weithin dehnt

3

Und das der Fluß, ein glänzendes Geschmeide,
In hundert Schlangenlinien still durchzieht —
O herrlich schönes, großes Vaterland!
Wird wohl das Taggestirn, das jetzo scheidet,
Das seit Jahrtausenden die gleiche Straße,
Stets wiederkehrend, Tag für Tag durchmißt —
Wohl jemals Dich als Heimat e i n e s Volkes,
Von e i n e m Haupt beherrscht, g e e i n i g t seh'n?
O daß nicht alle denken so wie ich!
Hätt' ich gelebt schon zu Arminius Zeiten
Und hätt' ich damals schon m e i n V o l f beherrscht —
Nicht sterben durft' er, eh' sein Werk vollendet,
Eh' Allgermanien nicht ein einzig großes,
Ein unbesiegbar, unvergänglich Reich
Durch sich allein und eig'ne Kraft geworden.
(sich auf eine Wurzel niedersetzend, indem er Schild und
   Speer an den Stamm lehnt, den Helm abnehmend)
Es sollt' nicht sein! Ein Herrmann kehrt nicht wieder!
Und jene schlauen Römer wissen klar
Und schüren d'rum die Zwietracht uns'rer Stämme,
Daß einzig in der Zwietracht nur das Heil
Für ihr schon sinkend Reich zu suchen ist.
A l l e i n bin ich nicht stark genug dazu,
Im Bunde mit den Burgundionen aber
Könnt's wohl gelingen, ganz ihn zu verjagen
Den frechen Eindringling von unseren Fluren,
Und seiner Herrschsucht jäh ein Ziel zu setzen.
                    (versinkt in Nachdenken.)

VIII. Scene.

Withikon. Amalberga.

Amalberga
(von Seite rechts vorne auftretend)

Der Mutter Ausspruch lautet räthselhaft. —
Sie warf die Stäbchen, die geschnitzten Runen,
Am Feuerherde auf den Boden hin
Und las aus den geheimnißvollen Zeichen,
Daß Ungeahntes heut' sich noch vollziehen,
Sich heute noch mein Los erfüllen wird.
                    (sieht Withikon)
Wer ist der Fremde dort?
(geht auf ihn zu und berührt ihn leicht an der Schulter)
                    Was willst Du hier?

Withikon
(sie am Tone der Stimme erkennend und rasch aufblickend)

O Glück! Da bist Du ja!
        (ihre Hand erfassend und aufspringend)
                    Darf ich hier weilen?

Amalberga
(ihn scharf ansehend, jedoch ohne ihn zu erkennen)

Suchst Du ein Obdach, komm' mit mir in's Haus.

Withikon

Der alten Eiche dichtbelaubter Wipfel
Dient mir als Wetterdach. Was braucht es mehr?

Amalberga

Doch Speis und Trank —?

Withikon
                    Dein Anblick, holde Frau,
Erquickt mich mehr als köstlichstes Getränke.

3*

Amalberga
(ihm die Hand entziehend, doch ihn theilnahmsvoll
betrachtend)

Das ist doch seltsam. Bist Du ein Burgunder?

Withikon
O weh!

Amalberga
Warum?

Withikon
Ich gab dem Wahn mich hin,
Dir sei's genug, daß ich Germane bin.
Willst Du, so gehe ich.

Amalberga
Nicht doch!

Withikon
So bleibe
Auch Du und setze Dich vertrauensvoll
An meiner Seite nieder. Fürchtest Du
Den unbekannten Mann?

Amalberga
Nicht Furcht, noch Scheu
Heg' ich für Menschen; doch gebeut die Vorsicht
Zu meiden solche, die für nöthig finden
Die dargebot'ne Gabe auszuschlagen
Und lieber Bär und Wolf Gesellschaft leisten,
Als einzutreten in ein gastlich Haus.

Withikon
Bift Du die Herrin hier?

Amalberga
Die Tochter nur
Des frühverstorb'nen Herrn. Des künft'gen Schwester.

Withikon
Und welchen Mannes Weib?

Amalberga
(nach einer kleinen Pause)
Nie werd' ich's sein!

Withikon (froh)
Frei bist Du? Welch' ein Glück!

Amalberga
Was ficht Dich an?

Withikon
Mir sollst Du angehören, mir!

Amalberga (hocherstaunt)
Wie kühn!
Du bist der Zweite, der zu freien kommt;
Der Erste wurde heute abgewiesen.

Withikon
Was wird m e i n Schicksal sein?

Amalberga
Das gleiche.
Ich hab' verzichtet auf der Ehe Freuden,
Dem Dienst der Götter hab' ich mich geweiht.

Withikon

Du dienst den Göttern dann, wenn Du dem Gatten,
Den Wotan sich zum Streiter ausersehen,
Wie es die Gottheit will, zur Freude lebst
Und seinen rauhen, blutgetränkten Pfad
Durch holder Minne Dienst zu ebnen suchst.

Amalberga

Ich bin erstaunt. So sprach man nie zu mir.

Withikon

Zum Glück für mich. Denn wär' in gleicher Absicht
Ein E b e n b ü r t i g e r Dir schon genaht, —
Für mich wärst Du unfehlbar dann verloren!

Amalberga

(immer mehr erstaunt)

Und bin ich's jetzt nicht auch?

Withikon

Ich glaube nicht.

Ich würde sprechen: Du gehörst mir schon!
Wär' ich nicht i ch! Wie wolltest Du verhindern,
Daß ich Dich fasse, fort zum Platze trage,
Wo mir der Freund harrt und die Pferde grasen?
Auf eines Berberrosses starkem Rücken,
Das ich gewann in heißer Römerschlacht,
Jagt raschen Laufes ich mit Dir davon
Und nimmer sähest Du die Heimat wieder!

Amalberga

Das — thätest Du? —

Withikon

Wenn ich ein An d'r e r wäre!
Ich will nicht roher Kraft mein Weib verdanken,
Frei muß es folgen!

Amalberga

Gegen Elternwillen?
Entführung wär's noch immer; darum Frevel!

Withikon

Denk' an Thusnelda, die Armin sich raubte.
Ist er um dieser That wohl minder reich
An Ehr' und Nachruhm? Oder sie vielleicht?

Amalberga

Verwirrt macht mich der rasche Redefluß!
Indessen halte ich's für eitel R e d e.
Ein Weib wie ich, ist nicht so leicht geraubt!
Ich wehre mich!

Withikon

Glaubst Du, daß jener Arm
Der einst den Eichenast im Sturze fing,
Nicht Kraft genug besäße, Dich zu zwingen?

Amalberga (fast schreiend)

Ha! — dieser Arm —?!

Withikon
(sie fest umschlingend)

Es war der meine.

Amalberga

Du lügst!
Es war ein Gott, der mich beschützte.

Withikon

Wohl!
Die Götter schützten Dich, doch mich erwählten
Als Werkzeug sie!

Amalberga

Ich bin vernichtet!
Mein schöner Traum —

Withikon

Weicht schön'rer Wirklichkeit.

Amalberga

Und Du — bist frei?

Withikon

Bin frei und liebe Dich!

Amalberga

Und wer Du bist — ?

Withikon

Wirst Du erst dann erfahren,
Wenn Du entschlossen bist mein Weib zu sein.

Amalberga

Bis dahin aber — ?

Withikon

Nenne Nando mich.
(läßt sie aus seinen Armen los)

Amalberga

Nun lebe wohl.

Withikon

Auf baldig Wiederseh'n.

Amalberga

So wirst Du wieder kommen?

Withikon

Soll ich nicht?

Amalberga

Thu' wie Du magst!

Withikon

Dann bleibe ich gleich hier.

Amalberga

Das ist doch keck!

Withikon

Zürnst Du?

Amalberga

Ich gehe jetzt.

Withikon

Und ohne Kuß und Gruß?

Amalberga

Ei welch' Verlangen!

Withikon

Gefahrvoll ist mein Weg und weit.

Amalberga

So bleibe
Und sprich das Gastrecht an und werbe
So wie es Brauch im Lande —

Withikon

Thäte ich's,
Am tiefsten möchtest Du es selbst beklagen.

Amalberga

So habe Deinen Willen! (wendet sich)

Withikon

Gute Nacht.
Schon morgen komme ich und forb're Antwort
Und ist sie günstig, bring' in zween Nächten,
Wenn voll der Mond — ich reichgeschirrt ein Roß
Als Brautgeschenk Dir zu. Um es zu prüfen,
Wirfst Du Dich flugs darauf und windbeflügelt
Trägt's Dich dahin, wo Du als Herrin walten,
Wo Deines Lebens Du Dich freuen sollst.

Amalberga

(steht schweigend; die erwachte Leidenschaft brennt heftig in ihr; sie sucht seinen Blicken auszuweichen und ist dennoch in deren Bann. Sie preßt die Hand auf ihr heftig pochen= des Herz und kehrt sich plötzlich festen Entschlusses um und eilt ab nach Seite rechts.)

Withikon (aufjauchzend)

Die Maid ist mein! Ein Pfeil steckt ihr im Herzen,
Sie glaubt durch rasche Flucht sein Gift zu mildern —;
Vergeb'ne Müh'! Du bist für mich geschaffen
Und mir bestimmt! Trotz jenes Rachgelübbes,
Das mich mit Tod bedroht, wirst Du mein Weib!
Hier an dem Aschenhügel Deines Vaters,
Der wie ein Held im Kampfe fiel und starb,
Will ich mich Dir verloben. Antabog,
Sieh in mein Herz; Du weißt, daß rein die Hände,

Daß keine Blutschuld mir den Sinn bedrückt.
(lauscht) Sie kehrt zurück —!
(steigt auf die Baumwurzel und lehnt sich in ungekünstelter
Stellung an den Eichenstamm. Der Mond wirft sein volles
Licht durch eine Zweigöffnung auf sein Angesicht; die Hand
gegen denselben ausstreckend)

O jetzt verbirg Dich nicht!

Keusch wie Dein Licht, Du freundlich Nachtgestirn,
Ist mein Verlangen! Leuchte mir in's Herz,
Auf daß sie schauen mög' bis auf den Grund!

Amalberga
(aus der dritten Coulisse rechts, umherspähend)
Ist er hinweg? O weh! Ich hätt' so gerne
Ihm noch gesagt, daß eigentlich — ja — ja —,
Was wahr ist wahr! — ich gar nicht böse bin,
Daß er ein Mensch und nicht ein Gott gewesen!
Es war recht dünkelhaft von mir zu glauben,
Daß sich um meinethalb die ew'gen Götter
Herab bemühen, zu mir sprechen sollten!
Wahrhaftig, es war frevelhaft! — Er ist
So schön und stark; stellt man sich Zin vor,
Den Gott des Krieges und des Schlachtenruhmes,
Man könnte sich ihn anders gar nicht denken!
(sehnsuchtsvoll) Ob er wohl wieder kommt?

Withikon
Er hat's gelobt!

Amalberga
(im höchsten Entzücken)
Ah, wieder er! Wie damals! Nein, entschwinde
Mir diesmal nicht. Sei wer Du willst! Sei Mensch,

Sei Gott —! Mir bist Du Beides! Sei aus Lokis,
Des Lügengottes und Vernichters Blute —,
Du hast mein Leben mir für Dich erhalten;
Ich weih' es Dir!

Withikon (herabspringend)
Du willst es?

Amalberga
(sich an seine Brust stürzend)
Nimm mich hin!

Der Vorhang fällt.

Zweiter Act.

(Spielt fünf Monate später.)

Wohnraum in Thrasamund's Gehöfte. Die Wände sind von rohbehauenem Holzwerke hergestellt. Rechts vor der zweiten Coulisse steht der Feuerherd, worauf ein Dreifuß und auf demselben ein eiserner Kessel. Unter demselben brennt ein offenes Feuer. Eingang in der Mitte; die hölzerne Thür steht offen, so daß man in einen gedeckten Pallisabengang sieht. Einige mit Fellen überdeckte Holzblöcke bilden Sitze. Vor dem Herde, nach dem Auditorium zu, ein Ruhelager mit Bärenfellen bedeckt. Im Vordergrunde links ein roh gezimmerter runder Tisch, dessen einziger Fuß in den Boden eingerammt ist. Ueber demselben an der Seitenwand links ein rohgeschnitztes Götterbild. An den Wänden hängen Waffen und Trophäen. Einzige Beleuch= ¡ tung bietet das Herdfeuer.

I. Scene.

Auf dem Ruhelager ausgestreckt liegt Thrasamund. Das Kopfende ist dergestalt erhöht, daß der Oberkörper eine sitzende Stellung erhält. Am Tische links sitzt Thiota und spinnt Flachs vom Rocken ab. In der Mitte der Bühne kauern Teutwald und Ulfromür am Boden und bessern Waffenstücke aus.

Teutwald
(in der Arbeit innehaltend und Thrasamund anblickend)

Du sagtest jüngst: Die Erde sei zu groß,
Um allen Menschen ein gemeinsam Gut,
Ein Vaterland für Alle sein zu können.

War es die Absicht denn der großen Götter,
Die aus des Riesen Leib die Erde schufen
Und Menschen formten, daß sich diese wieder
In Stämme schieden und sich wild befehden?

Thrasamund

Im Anfang waren Thiere nur, nicht Menschen,
Und die besaßen Fühlsinn, nicht Vernunft.
Mit dessen Hilfe fanden sie das Land,
Das ihrer Gattung, ihrem Sein entsprach.
Vom Thier' ward dann der Mensch und daß er dieser
Und nicht ein Anderes geworden ist,
Daran hat Theil das Land, das ihn ernährte,
Das ihn mit seiner Eigenart umfing
Und ihm die Sprache gab, die eng vereinte,
Was sich von Menschen noch zur Stelle fand.
D'rum, jedem Wesen mit Vernunft begabt
Ist lieb sein Vaterland, der Boden heilig,
Der seine unschuldsvollen Kinderspiele,
Wie seine ersten ernsten Thaten sah
Und der die Asche seiner Väter birgt!

Teutwald

Die Sprache also macht das Vaterland!
Nun so begreif' ich nicht, warum gerade
Germanen sich in so viel Stämme scheiden,
Trotzdem doch e i n e Sprache, gleiche Sitten
Und gleicher Götterdienst uns eng verbindet.

Ukromür (vor sich hin)

Ich bin begierig, was er sagen wird.

Thrasamund

Von allen Schwächen, welche unser'm Volke
Von Anbeginn der Dinge eigen waren,
Ist ein „Nicht sehen und nicht kennen wollen",
Was andern Völkern Heil, uns Uebel schafft,
Die größte heute noch! — Im Griechenlande
Lebt' einst ein weiser Mann, gar wohl bekannt
Bei allen Völkern auf der Männererde,
Der sagte Allen, die ihn hören kamen,
Von unf'rem Volk: Das stärkste könnt' es sein,
Das mächtigste des ganzen Erdenkreises,
Wär's einig in sich selbst. — Recht schlimm fürwahr!
Indeß so war's — so ist's — und so steht's fest!

Ukromür

Und dabei bleibt's: Burgunder sollen leben
Und alles And're mag zu Grunde gehen.

Teutwald

O pfui.

Ukromür

Versteh' doch Spaß! Ich denk' wie Du —

Teutwald

Ich kann die Römer wohl, die Gallier hassen,
Jedoch Germanen —

Ukromür

Hassen wir uns denn?
Mit nichten! Nein, wir klopfen nur einander
Die Pelze tüchtig aus. Doch hassen — hassen —,
Das ist ein ander Ding. Zum Beispiel hier
Dein Ahnherr haßt die Alemannen nicht,

Er haßt nur Einzelne. Den Chnodomar,
Den Withikon — !

Thrasamund

Schweig' Schurke! Du nennst Namen,
Die noch mein kaltes Blut zum Sieden bringen. —
*) — Was schafft Thiota?

Ukromür

Ei, sie reint den Rocken.
Noth thut's damit! Zwölf Nächte nahen jetzt,
Wo Alben umgeh'n und den Flachs sich stehlen,
Der ungesponnen blieb.

Thrasamund

Thut sie's allein?
Thiota, sprich, wo ist mein Enkelkind?

Thiota

Bei jener Eiche, wo ihr Vater ruht.

Thrasamund

(nach kurzem Stillschweigen)
Es heult der Wind.

Teutwald

(der aufgestanden war und in die Thüröffnung getreten ist)
Und schuhhoch liegt der Schnee.

Thrasamund

Wer sich in solcher Nacht den Trost muß suchen
Im tiefen Wald und scheuen mag das Licht,
Den drückt wohl mehr als nur ein leichtes Weh.
— Was für ein Tag heut'?

―――――――――

*) Eventuell kann hier der Act beginnen.

Ukromür

Wintersonnenwende

Tritt morgen ein. (zu Thiota leise)

Ein volles Jahr ist um,

Seit ihr der Gott erschienen!

Thiota

Ihr zur Pein!

Thrasamund

Was murmelst Du? (zu Teutwald)

Geh', rufe Deine Schwester

(Teutwald ab)

Die letzte Frist ist um, die sie begehrt,

Sie gebe heute Antwort und bestimmt. —

Du sahst das Pferd, das Thegabrecht ihr bot?

Ukromür

Ei wohl, ich sah's! Auch jenes das er ritt.

Sehr schöne Thiere sind's, das muß ich sagen;

Bei uns im Lande wächst dergleichen nicht.

Thrasamund

Noch war die Frist nicht um, da er sie brachte.

Ukromür

Schnell ging's damit; man muß den Eifer loben.

Obwohl es ihm nichts hilft; denn Amalberga —

Teutwald (zurückkommend)

Da ist die Schwester schon; sie war nicht weit.

Ukromür

(nachdem er einen flüchtigen Blick auf Amalberga geworfen,

erschreckt über deren Aussehen)

O weh!

4

II. Scene.

Vorige. Amalberga und Teutwald, welch Letzterer in
der Vorhalle verweilt.

Amalberga

(im Wesen gänzlich verändert, tiefe Trauer beherrscht sie.
Sie kommt langsam bis zur Mitte der Bühne, dann sagt
sie halblaut)

Da bin ich.

Thiota

(kleine Pause, ernst)

Komm' zu mir!

Amalberga

(ihren Blicken begegnend, stürzt zu ihren Füßen nieder und
verbirgt ihr Angesicht mit den Händen)

Mutter

Thrasamund

Mein Ohr ist scharf; ich höre leises Wimmern. —
Bist Du da, Ukromür?

Ukromür

Zu Deinem Dienst.

Thrasamund

Entferne Teutwald. Finde einen Vorwand.
Und geh' auch Du, doch bleibe in der Nähe.

Ukromür

Wie Du befiehlst.

(im Vorübergehen einen langen Blick auf Amalberga
werfend, zu Thiota.)

Komm, gib mir Deinen Rocken.

Mein Weib mag haspeln d'ran bis Mitternacht.

(auf Amalberga zeigend, leise)

Nimm Deinem Kinde eine Last vom Herzen,
Die es, so scheint's, erdrückt. — Und dann gedenke,
Der blinde Mann hat gar ein fein Gehör,
Es thut nicht Noth, daß er um Alles weiß!

(laut)

Ich gehe, Herr, wenn Du mich brauchst, so rufe.

(ab mit Teutwald)

III. Scene.

Thrasamund. Thiota. Amalberga, später Utromür.

Thrasamund

Sie sprachen heimlich. Allen scheint bekannt,
Was mir allein verborgen bleiben soll.
— Wie, Amalberga, wirst Du Dich entscheiden,
Wenn heute oder morgen Thegabrecht
Zum letztenmale Dich zum Weib begehrt?

Amalberga

(auf dem Boden kauernd und Kopf und Arm auf einen
Sitz stützend)

Es war unnöthig, dreimal anzufragen,
Die Antwort bleibt sich gleich.

Thrasamund

Du folgst ihm nicht?

Amalberga

Ich kann und will es nicht!

4*

Thrasamund

(nach kurzem Stillschweigen)

Nun gut! Nach Allem,
Was Ulfromär von ihm vernahm und was
Von Anverwandten mir bestätigt ward,
Gereicht's zur Ehre kaum, sich ihm zu einen!
Kundschafter sei er, heißt's, im Sold der Römer.
Du willst ihn nicht zum Manne? — mag es sein!
Doch haben and're Freier sich gefunden —

Amalberga (rasch und entschieden)

Ich sage gleichfalls nein!

Thrasamund

Dir ist bekannt,
Daß man beim Nerthusfest der Göttin Wagen
— Weil sie Beschützerin des Eheglücks —
Zur Strafe läßt von solchen Jungfrau'n ziehn,
Die dem, was hergebrachte Sitte fordert,
Hartnäckig Weigerung entgegensetzen. —
Magst Du den Schimpf ertragen?

Amalberga (stolz)

O! Noch mehr!

Thrasamund

Wie, solche Antwort und in solchem Tone?
Seit jenem Tage, wo Dein kindlich Lallen
Zum erstenmal mir Ohr und Herz entzückte —,
In all' der Zeit, wo mir in tiefer Nacht
Ein Labsal war Dein fröhliches Geplauder,
Kam nie solch' böses Wort aus Deinem Munde.

Hat sich der blinde Greis so schwer versündigt,
Daß ihm sein Enkelkind die Ehrfurcht weigert,
Daß scheu die Jungfrau seine Nähe flieht?

Amalberga
(aufspringend und vor ihm niederknieend, seine Hände
fassend)
O vergib, vergib!

Thrasamund
Es fallen Thränen
Auf meine Hand. Man weint um liebe Todte,
So lang' die Wunde frisch. Bald schweigen Klagen,
Versiegen Thränen, spät verstummt der Schmerz.
Dem Weib ziemt Jammern, Männern ziemt Gedenken.
Und ich gedenke! Weine Du nicht mehr!

Thiota
Sie weinet nicht mehr um den todten Vater.

Thrasamund
Was sonst betrauert sie?

Thiota
Entschwunden' Glück!

Thrasamund
Ich will nicht in sie dringen, mich bescheiden
Mit dem, was ich vernahm. So mag's denn sein!
Weil Du für nichts der Erde Freuden achtest,
So sollst Du Dich dem Dienst der Götter weih'n.

Amalberga
(auf den Knieen von ihm sich wegschleppend, fast schreiend)
Den Göttern dienen — ich? O niemals, nie!

Thrasamund (richtet sich auf)
Sprich Du zu ihr, Thiota, ich will gehen.
Ich bin es nicht gewohnt, im Kreis der Meinen
Mir auf mein Fragen Antwort zu erflehen.

Thiota
Bleib' da und sitze nieder. Sie wird sprechen.
(tritt vor Amalberga hin und legt ihr die Hand auf die
Schulter)
Sieh mir in's Auge. Fest! Du kannst es nicht?
Ich weiß genug. — — In gottgeweihtem Haine,
Wo ungezählt hinauf zum Himmel streben
Die Wipfel tausendjähriger Riesenstämme,
Ward von dem Rauch, der seinem Grab entstieg,
Des Vaters ewig Theil emporgetragen
Und über Wolken nahm ein Gott es auf.
An seiner Bahre lautlos stand sein Weib;
Es weinte nicht. Der größte Schmerz ist stumm.
Doch als die Flamme seinen Leib erfaßte
Und mir für alle Zeit mein Glück zerstörte,
Da faßte wild mich die Verzweiflung an
Und schon hob ich den Fuß zum Todessprung.
Ahnst Du was ihn gehemmt? — Ein rascher Blick —,
Der letzte sollt' es sein — traf meine Kinder!
Ein kurzer Kampf nur war's — das Weib erlag
Und Mutterliebe trug den Sieg davon!
Ich mußte leben, meinen Kindern leben
Und war mir gleich das Dasein eine Last,
Ich trug sie klaglos für der Meinen Glück!
Hab' ich um diese That mir nicht verdient
Das Zutrau'n meines Kindes? — Sieh mich an,

Amalberga

O Mutter! Mutter! Ewig große Götter!
Um dieser Frau, um dieses alten Mannes,
Um dieses Hauses willen — dessen Ehre —,
Nein um Burgundens ganzen Stammes Ehre,
Die ich geschädigt, gebt ein Jahr mir wieder,
Ein Jahr aus meinem Leben mir zurück!
(sinkt auf die Kniee)

Ukromür

(tritt leise ein und bleibt am Pfeiler lehnend im Hinter=
grunde.)

Thiota

(tritt neben sie hin, legt ihre Hand auf Amalberga's Haupt
und erhebt die rechte Hand zu dem Götterbilde)
Dich, Göttin, die der Menschen Schicksal kennt,
Dich, Frigga, ruf' ich an: Verleihe mir
Für kurze Zeit die Kraft des Seherblickes,
Auf daß zu Deiner Ehre, Schützerin
Geweihter Liebe und des Hauses Frieden,
Ich dieses Kindes schwerbeladen Herz
Erforschen kann! —
(in derselben Stellung verharrend, ohne Härte, jedoch in
ernstem Tone)
Du sollst mir Wahrheit künden.
Heut' schwand ein Jahr, seit Dir der Gott erschienen
An von des Vaters Grab geweihtem Baum.

Amalberga

(fast tonlos und wie gebannt in's Leere starrend)
Ich irrte nur, es war ein Mensch wie wir!

Thiota
Wann ist die Ueberzeugung Dir gekommen?

Amalberga
An jenem Abend, als die Runen sprachen,
Daß dort mein Schicksal sich entscheiden soll.

Thiota
Du sahst den — Mann an jenem Abend wieder?

Amalberga
An gleicher Stelle wie das erste Mal.

Thiota
Und Du — dem Schutz des Heiligthums vertrauend,
Das sich Dein Glaube schuf — gabst seinen Worten,
Die Deinem keuschen, unentweihten Sinn
Verlockend tönten wie der Zinke Klang,
Du gabst Gehör?

Amalberga
              Von Zauberkraft bewältigt
Und im Empfinden nie gekannter Lust,
Gelobt' ich meine Seele ihm zu eigen.

Thiota
            (beinahe flüsternd)
Was nun —?

Amalberga
        (in schmerzvollem Seelenkampf)
                Sei gütig, Mutter, frag' nicht mehr!

Thiota
Und nur an jenem Abend sahst Du ihn?

Amalberga

So ist's. Nach zween Nächten sollt' er kommen
Sein Weib zu holen. Doch er kam nicht mehr!

Thiota

Von mir wärst ohne Abschied Du gegangen?

Amalberga

Der Zauber drang zu mächtig auf mich ein,
Mehr noch als das, hätt' ich für ihn gethan.

Thiota

Wer war der Mann? Nannt' er Dir seinen Namen?

Amalberga

Als ich es wünschte, durft' er ihn nicht nennen,
Und als er durfte, wünschte ich's nicht mehr.

Thiota

Vor Dir, o Göttin, liegen Herz und Sinne
Sowie des Menschen Handeln klar am Tage,
Du kennst den Schuldigen. Bestrafe ihn!
Ich flehe um Gerechtigkeit!
(nimmt die Hand weg von Amalberga's Haupt, welche
sogleich in sich zusammenbricht und die Augen verhüllt.)

Thrasamund

(welchem kein Wort entgangen war, richtet sich auf)
Und ich!

Thiota

(sieht ihn an und sagt tonlos)
Gern hätte ich allein den Schmerz getragen;
Du hast gehört — wohlan, so richte Du.

Thrasamund
Dort rührt sich etwas!

Ukromür
Es ist Ukromür!

Thrasamund
Du warst zugegen?

Ukromür
Ei, ich hielt's für Pflicht,
Die Thür' zu hüten. — Willst Du's, Herr, so hab'
Ich nichts gehört. — O wollten doch die Götter,
Es wär' in Wahrheit so.

Thrasamund
Nun weil Du weißt,
So magst Du — wissend — auch ihr Schicksal theilen!
Ich weise sie von Haus und Hof und Hain. —
Kein Mensch darf ahnen, was der Grund gewesen,
Der sie in Sturm und Nacht von hinnen trieb.
Fragt man: wir wissen's nicht. Wird je im Leben
Aus fremdem Munde mir die Wahrheit kund,
So schleud're ich in's Haus den Feuerbrand
Und weihe meinen Leib dem Flammentod!

Amalberga
Ich habe schwer gesündigt. Hab' ich, Mutter?

Thiota
Du hörst sein Wort. Er ist des Hauses Richter.
Ich selbst muß beugen mich dem Spruch des Herrn.
Doch hab' ich Trost für Dich. Du hast gesündigt!

Doch war's nicht Deine Schuld, wenn mensch=
lich irrend,
Du Deinem Menschensein zum Opfer fielst.

Thrasamund
Was höre ich? Wie, Du vertheidigst sie?

Thiota
(mit plötzlich gehobener und leidenschaftlich erregter Stimme)
Germanien's Schmuck ist außer seinen Wäldern
Und außer seiner Söhne Tapferkeit,
Der Töchter hoher Sinn für keusche Sitte,
Der Allen eigne, laut're Tugendtrieb.
Doch, wie die Götter uns mit Kraft versahen,
Zu schützen unser höchstes Erdengut —,
Im gleichen Maße gaben sie die Schwäche
Uns Frauen mit, dem Manne gegenüber,
Für den das Herz im Busen stürmisch schlägt
Und dessen Willkürherrschaft preisgegeben,
Wir freudig opfern Seligkeit und Leben!

Amalberga
(sich jauchzend an ihre Brust werfend)
O Mutter, meine Mutter!

Thiota
Ausgestoßen
Aus Haus und Hof bist Du durch Richterspruch;
In uns'rem Stamme giltst Du für geächtet.
In Götterhainen aber flucht man Dir
Um solcher sündenlosen Sünde nicht.

Leb wohl', mein Kind, die Heimat stößt Dich aus,
Im Mutterherzen aber lebst Du fort;
Es spricht für Dich — verzeiht und segnet Dich!

Amalberga

Ein Götterspruch! O Mutter!

Ukromür

(an Thiota's and'rer Seite knieend und den Saum ihres
Kleides küssend)

Habe Dank!

Thrasamund

(nach kleiner Pause)

Es war vor grauen Zeiten. Chiomara,
Ortjagons Weib, fiel in der Römer Hand.
Streng hielt man sie in Haft. — Doch der Centurio,
Der sie bewachte, suchte zu verführen
Die reizbegabte Frau. Vergebens war's!
— Und daraufhin ward ihr Gewalt gethan.
Zu rächen sich, nahm Zuflucht sie zur List,
Sie lockte klug den Schänder ihrer Ehre
An abgeleg'nen Ort, allwo die Freunde
Im Dickicht harrten, stieß sein eigen Schwert
Ihm tief in's Herz und brachte seinen Kopf,
Den eigenhändig sie vom Rumpf' getrennt,
Als Sühnungsopfer ihrem Gatten zu.
— — Ein Gleiches steht Thiota's Tochter frei!
Es mag ihr Ukromür behilflich sein.
Und bringt sie mir sein abgeschnitten Haupt,
Dann will auch ich dem Enkelkind verzeihen
Und Fürsprech ihr an Wotans Hochsitz sein!

(Es wird draußen an den Zaun gepocht)

Ukromür

Oho! Zu solcher Zeit?

Thrasamund

Frag' an!

Ukromür (hinausrufend)

Wer pocht?

Thegabrecht (draußen)

Ein Freund des Hauses ist's. Heißt Thegabrecht!

Thrasamund

Er? jetzt —!

Thiota

In tiefer Nacht?

Amalberga

Laßt mich hinweg!

Sein Anblick ist mir fürchterlich.

Ukromür

Nicht doch,

Bleib' ruhig hier. Nicht Du vor ihm, er soll
Vor Dir die Augen senken, der Spion!

Thrasamund

So laß' ihn ein!

(Ukromür geht ab.)

Kein Laut darf ihm verrathen,
Was eben hier geschah. (vor sich hin)

Und so steht's fest!

IV. Scene.

Vorige. Thegabrecht. Ukromür.

Thegabrecht

Die Götter schützen euch!

Thrasamund

Ich grüße Dich.
Nimm Platz am Herde. Fülle ihm das Horn
Mit frischem Gerstensud —

Thegabrecht

Strengt euch nicht an,
Ich ruhe nicht, bevor ich Antwort habe,
Und fällt sie nicht nach meinem Wunsche aus,
So acht' ich den geringsten Zeitverlust
Für schon zu lang, um ihn für nichts zu opfern.
Mein Kommen zu so später Stunde noch
Mag euch beweisen, daß mir Eile nöthig;
Ich will vor Tage in Augusta sein.

Ukromür

Mit solchem Thiere ist das schon zu richten.
Ich neide Dir das Pferd so oft ich's sehe.
Bei allen Göttern, wäre Diebstahl nicht
Ein arg Verbrechen, solchen Preises wegen
Könnt' man zum Schächer werden.

Thegabrecht
(ihn geflissentlich übersehend)

Thrasamund!
Ich kam um Antwort auf mein Anerbieten.

Gewartet, denk' ich, hab' ich lang genug.
Wird Amalberga mein?

Thrasamund (ruhig)
Sie will Dich nicht!

Thegabrecht (lacht)
Ei! Kurz und bündig!

Thrasamund
Wie die Dinge liegen,
Stimm' ich ihr bei!

Thegabrecht
Das sagst Du sonder Scheu?
Glaubst Du, ich werde nicht den Schimpf vergelten?
Steh' Rede mir! Was ist der Weig'rung Grund?

Thrasamund
Zwei Gründe liegen vor. Mit Leib und Seele
War einem Andern sie schon angelobt,
Eh' daß ich's wußte. Wäre dies auch nicht,
So müßt' ich sie aus ander'm Grund versagen:
Für Einen, der im Sold der Römer steht,
War niemals Raum im Hause Thrasamund's.

Thegabrecht (wüthend)
Es ist genug!

Ukromür (für sich)
Mir wäre es zu viel!

Thegabrecht
Nun wird mir klar, worauf es abgesehen;
Um einen Vorwand für das Nein zu finden

Und allen weiter'n Fragen zu entgehen,
Beleidigst Du im Vorhinein den Frager.
Du kennst mich nicht! Ich bin nicht blind wie Du.
Ich hab' ein scharfes Auge und was mehr,
Auch eine scharfe Zunge! Hüte Dich,
Daß im Burgunderland von Hof zu Hof
Mit Sturmesschnelle nicht die Kunde bringe,
Wie Thrasamund, der Vater Antabogs,
Geschwor'ne Eide hält!

Thrasamund
                    Kein Versprechen
Hab' ich gegeben, das mich binden kann.
Für röm'sche Späher zieht man bei Burgunden
Noch keine Töchter groß.

Thegabrecht
                    Ein Späher? Gut.
Ich leugne nicht, ich bin der Römer Freund
Und bin bemüht, es ihnen zu beweisen,
Indem ich heimischem Barbarenvolke
Den Weg zur Bildung, zur Gesittung zeige.
Das ist mein Späheramt. In Deiner Blindheit
Erscheint es schimpflich Dir. Die Sohnestochter
Verweigerst Du darum. Das letzte Wort
In dieser Sache ist von Dir gesprochen.
Das Meine nicht. Ich sprech' es anderswo.
Ei, Amalberga ist verlobt? Mit wem?

Thrasamund
Ich hab' mein letztes Wort zu Dir gesprochen!

Thegabrecht
(höhnisch auflachend, wild)

Zu mir! Schon recht! Doch Deinen Anverwandten,
Den Nachbarn allen, ja dem ganzen Volke
Und seinen Priestern sollst Du Rede stehen!
Du kennst die Strafe, die auf Meineid steht.
Was schwurst Du einst an Deines Sohnes Leiche?
Den Racheeid für Kind und Kindeskind!
Ward er gelöst?

Thrasamund
Der Vorwurf trifft mich nicht,
Daß ich, ein blinder Greis, die Schuld nicht tilgte,
Die Götter werden gnädig es verzeihen.
In meinen Enkeln lebt die Rache fort.

Thegabrecht
Hahahaha! Du blöder, blinder Thor!
Erwartest Du im Eidam Dir den Rächer, —
Dem Gatten dieser hier?!

Thrasamund (erschreckt, für sich)
Weiß er bereits?

Thegabrecht
Wer nimmt ein Weib, das ihrer Heimat Sitten,
Das ihre Ehrbarkeit mit Füßen trat?
Das ihren Vater noch im Grabe schändet,
Das Dich und ihren ganzen Stamm entehrt?!

Ukromir
Verstumme, Hund!

Thegabrecht
Daß Hunde beißen können,
Sollst Du zunächst erfahren! Thrasamund,

5

Dies höre noch und dann verachte mich,
Du hast ein Recht dazu. Was Keiner thut,
Ich hätt's gethan! Zum Weibe nahm ich sie —!
Aus Liebe nicht — es waren and're Gründe,
Die mich bestimmten —, nun ist's besser so!
Du willst nicht sagen, wem sie angehört?
Du weißt es selber nicht! — Ich will Dir's sagen.
Du, Sclave, stütze Deinen Herrn, daß nicht
Der jähe Schlag den morschen Stamm zerbricht.
Der Amalberga's Liebe sich errang,
Dem sie in süßem Taumel sich ergab,
Er ist der Sohn von ihres Vaters Mörder,
Des Hauses Todfeind: Herzog Withikon.
(Große Pause.)

Thrasamund
(sinkt auf das Ruhelager)

Ukromür
(tief erschüttert, beugt sich über Thrasamund und lauscht
seinen Athemzügen)

Thiota
(faltet in stummer Verzweiflung die Hände)

Amalberga
(kniet in unveränderter Stellung am Tische links, das
Gesicht in den Händen verborgen)

Thegabrecht
Wähnt sie wohl gar, daß er zum Weib sie nähme,
Der Alemanne die Burgunderin?
Das hieße seine Herrschermacht gefährden!
Und außerdem —: er denkt nicht mehr an's Freien!

Wozu denn auch? Er ist ein starker Held:
Ein Heros, der gewohnt ist, obzusiegen,
Ein Waidmann, dem das Wild sich selber stellt!
Noch immer stumm? Auch der bered'te Knecht?
Die Kunde, dünkt mich, hat in's Herz getroffen. —
Genug damit für heute. Frevelhaft
Und leichten Sinn's habt ihr den Haß beschworen;
So tragt ihn denn! Von dieser Stunde an
Seht ihr in mir den schlimmsten eurer Feinde.
Kein Mittel scheu' ich, das zum Ziele führt;
Und dieses Ziel ist: euer Untergang!
(Rasch ab.)

V. Scene.

Vorige ohne Thegabrecht.

Ukromür

(nach einer Pause)

Noch lebt der alte Mann. German'sche Eichen,
Sie fallen nicht dem ersten Eisenhieb!
— Ich will die Pforte schließen und die Pferde
Für mich und Amalberga rüsten. —

(zu Thiota tretend, ernst, aber einfach)

Menschen
Sind einfach Menschen nur; denn hätten Götter
Zu ihresgleichen uns bestimmt gehabt,
Es würde statt des Blutes kaltes Eis
Die Adern füllen und den Pulsschlag hemmen.
Sie aber schenkten uns ein warmes Herz;
Und mit ihm ein Gefühl, das Liebe heißt,

5*

Und siedend Blut dazu! — Auch Du warst jung
(auf Thrasamund zeigend)
Und er und ich — und wenn der Rechte kommt —
Bedenke das! Es ist ja doch Dein Kind. (ab)

Thrasamund

Reich mir die Hand, Thiota, führe mich
Hinaus in's Freie. Ist mir doch, als faßte
Der Tod mich an. Mir wird's zu eng im eRaum.
Wie sprach der Mann? Der Sohn und Erbe dessen,
Der Deinen Gatten schlug, hat Dir Dein Kind —!
Der Schurke log. Nicht wahr, er hat gelogen?
Es wäre gräßlich wenn er Wahrheit sprach.

Amalberga
(hatte sich währenddessen langsam aufgerichtet und tritt
jetzt vor Thrasamund hin)
Uns trennet nur die Weite eines Schuhes;
Reck' aus den Arm, nicht find'st Du Widerstand,
Und tödte sammt der schmachbedeckten Dirne,
Auch eines ungeheuren Frevels Frucht!

Thrasamund

Könnt' ich durch einen Druck zugleich mit Beiden
Die Schande tödten, die mein weißes Haar
Mit Schmutz bewirst —, wohl fühlt' ich Kraft in mir,
Den Vorsatz auszuführen! Und ich will's! —
Eh' daß in Sumpf und Moor man Dich versenke
Und Reiser streue auf Dein ekles Grab,
Eh' soll durch meine Hand — —

Thiota
(dazwischentretend)

Laß' ab von ihr!
Die Tochter ist des Vaters —, er ist todt —!
Des Hauses Herrschaft fiel an Dich zurück.
Ich aber ward die Erbin seiner Liebe,
Auch seines Antheils an des Hauses Schmach!
Greif' nicht in meine Rechte, alter Mann!
Sie weiß den Weg, sie ziehe ungekränkt;
Sie nehme sich ihr Recht und ihre Rache!
Und hat sie diesem Triebe voll genügt
Und fühlt sie dann in ihrem tiefsten Herzen,
Daß Niemand sie entbehrt in dieser Welt,
Dann mag die Tochter — ihres Vaters denken
Und frohen Muths dem Tod entgegen geh'n.

Amalberga

Des Vaters — nein! der Mutter will ich denken —!
O welch' ein Zauber wohnt in diesem Wort!
Ja leben will ich — muß ich —! Wilde Thiere,
Die schon zum Tod getroffen, ihre Jungen
Mit eig'nem Leibe decken, würden höhnen,
Wollt' feige ich des Lebens Qualen flieh'n!
(von Thrasamund ängstlich zurückweichend)
Hinweg von mir, ich kenne meine Pflicht!
Ich leb' und kämpfe für ein keimend Leben,
Dem ich die Menschenehre schuldig bin.
Bei Herzog Withikon erheb' ich Klage
Und ford're Recht von ihm und ford're Strafe
Für ihn, der meine Ehre mir geraubt!

Und war er's wirklich —, war es nicht erlogen —
Und trieb er frevelhaft ein listig Spiel,
Dann, alter Thrasamund — dann Rache! Rache!
Ich selber — ich — sein Weib, vernichte ihn!

Thrasamund
(in hoher Erregung)
Des Ehrenräubers Tod — ?

Amalberga
Er ist geschworen!

Thrasamund
Des Mördersohnes Haupt — ?

Amalberga (schaudernd)
Ich bring' es Dir!

Thrasamund
So ziehe hin, zwar ohne meinen Segen,
Doch nehme ich von Deinem Haupt den Fluch.
Du selber aber, wenn die That geschehen — ?

Amalberga
Dann will ich frohgemuth zu Grabe gehen.

Thiota
Gedenke dessen, was Du erst gesprochen;
Von wilden Thieren lerne, was sich ziemt!
Erst wenn Du Keinem nöthig mehr auf Erden,
Wenn nichts Dir blieb von Allem was Du liebst,
Dann erst zerreiße irdisch schwere Ketten
Und suche bei den Schatten Dir Dein Heil.

Amalberga

O ich gedenke — Mutter — ich gedenke!
Und nun hinaus! Die grimmen Winterstürme,
Sie sollen kühlen mir das heiße Blut!
Die Pferde — Ukromür — sind sie bereit?

Ukromür
(der kurz vorher eingetreten war)

Sie sind's! Auch ich. Ich küßte meine Kinder,
Mein schlummernd Weib ganz leise auf die Stirn'
Und schlich davon!

Amalberga (gerührt)
Dein Weib, ach armer Mann!

Thiota
(sie auf die Stirne küssend)

Ich ahm' ihn nach; leb' wohl!

Ukromür
(zum Gehen antreibend)
Bald weicht die Nacht.

Amalberga

Mein Bruder Teutwald — bring' ihm meinen Gruß.

Thiota

Es soll geschehen. — Scheide!

Amalberga
Und mein Ahne —?

Ukromür

Er ist entschlummert, — leise — stör' ihn nicht!

Amalberga

Laß' seine Hand mich legen mir auf's Haupt!
O wäre nicht das finst're Rachgelübde,
Es wäre möglich doch —! Ach wie so gerne
Möcht' ich mit ihm und Allen glücklich sein!
(kniet nieder und legt behutsam des Alten Hand auf ihr
Haupt)
Ich stehle mir den Segen!
(horchend)
Spricht er nicht? —,
Hör', Mutter was er spricht!
(Alle horchen gespannt.)

Thrasamund
(im Schlafe sprechend)
Des Vaters Fluch —,
Er folgt Dir nach —!

Amalberga
(schleudert entsetzt die Hand fort, springt mit gräßlichem
Schrei empor und eilt zu Thiota)
O weh! Es soll nicht sein!
Des Vaters Fluch!

Thiota
Und Deiner Mutter Segen!
(wendet sich von ihr und weist nach der Ausgangspforte.
Ukromür umfaßt Amalberga und zieht sie mit sich
fort.)

Der Vorhang fällt.

Ein kurzer Orchestersatz füllt die Pause aus, dann

Dritter Act.

Große Halle in Withikon's Herrenburg. Durch einen offenen Bogen im Hintergrunde Ausblick auf beschneites Feld und Wald. Heller Sonnenschein.

I. Scene.

Viele alemannische Krieger im Waffenschmuck. Greise und Frauen heißen die eben vom Kriegszuge Rückkehrenden willkommen. Auch Kinder sind zugegen. Ein lebendig und wohlthuend anheimelndes Bild. Der Priester tritt durch die Mitte ein im Gespräche mit Rando.

Priester

Euch Alle grüß' ich in der Götter Namen,
Die gnädig euren Waffen Sieg verliehen.
Zum erstenmal, seit meines Amt's ich walte,
War es mir nicht vergönnt, euch zu begleiten
Und Wotans Speer, wie Ziu's Flammenschwert,
Voranzutragen euch zu Schutz und Schirm!
Ein Wille, mächtiger als der des Volkes,
Er band mich an die Scholle. Mein Gebet
Stieg trotzdem auf und fand bei ihm Gehör,
Der über uns das Los der Schlachten lenkt.
Ihm beuget euch, denn ihm nur ganz allein
Dankt ihr den Sieg.

Erſter Krieger.

Und Herzog Withikon!

Zweiter Krieger.

Und unſ'rer Tapferkeit —

Dritter Krieger

Und unſ'rem Schwert.

Alle Krieger
(tumultuariſch)

Heil unſ'rem Führer, Herzog Withikon!

Prieſter
(mit Rando vorkommend, ſehr erregt)

Ich ſtaune, Rando! Dahin iſt's gekommen?
Gilt Withikon nicht ſchon für einen Gott
Bei dieſen hier? Das Anſeh'n alter Bräuche,
Soll es und darf es ſchwinden, weil ein Mann,
Und wär's der ſtärkſte auch des ganzen Stammes,
Sie unterſchätzt und leichten Sinn's verneint? —

Rando

Ich ſelbſt empfahl ihm Vorſicht, doch er pocht
Auf unſ're Treue und ſein Schlachtenglück. —!
Dein Wort trifft zu: Ja, göttliche Verehrung
Zollt ihm das Heer, das ſchon in ihm allein,
Den Abglanz ſeines eig'nen Ruhms erblickt.
Vertheid'gen ihn und ſchützen, eig'ne Thaten
Ganz und ausſchließlich ſeinem Ruhme weihen,
Iſt dieſer Aller höchſte Ehrenpflicht!
Er kämpft des Sieges wegen, ſie für ihn!

Priester
Er hüte sich, die Götter zu erzürnen;
Die erste Niederlage richtet ihn!

Rando
Wenn Du von Göttern sprichst, meinst Du die
Priester?

Priester
Auch Dich hat leider schon ein Hauch getroffen,
Von diesem unbezähmbar wilden Geist.
Ich kann nur warnen noch, denn jener Macht,
Die er sich kühn errang, bin ich ge'nüber
Ein Schwächling nur, und dennoch hüt' er sich
Noch weiter vorzugehen, wie seither!
Wer frevelhaft an alten Bräuchen rüttelt,
Die als ein Erbtheil von des Volkes Vätern
Jahrhunderte hindurch für heilig galten,
Macht sich der Sünde schuldig des Verraths
An seines Heimatslandes höchster Zierde:
Der stillen Eintracht in des Hauses Pfählen,
Dem Frieden mit dem Nächsten, mit sich selbst

Rando
(wird durch eine lebhafte Bewegung der im Hintergrunde
befindlichen Gruppen aufmerksam auf diese.)
Was geht da vor?

Priester
Naht sich der Herzog schon?

Rando
Kaum möglich wär's; der Umweg, den er nimmt,
An jenem Ort vorbei, wo meuchlings ihn

Des Schächers Speerwurf fast zu Tode traf,
Erfordert Zeit.

Priester

Dorthin? Was will er dort?
Doch nicht etwa —?

Rando

Gewißheit sich verschaffen?
Warum auch nicht?

Priester

Glaubst Du, daß er noch denkt
An jenes Weib —?

Rando

Ich fürchte, mehr als je.

Priester

Du fürchtest? O ein hochwillkommen Wort!
So ist doch Hoffnung noch, daß Freveltaten,
Wie diese, sich nicht ungestraft vollziehen.
Wenn auch der Alemanne alle Fehler
Des vielgeliebten Fürsten mild verzeiht,
Den einen aber, den vergibt er nicht.
Ein Weib von fremdem, vom Burgunderstamme
In diese Burg, dem Hochsitz dieses Landes —
Nein, das ist mehr als Volksgeduld erträgt,
Das trifft die Ehre von des Landes Töchtern,
Das darf nicht sein. Die That vernichtet ihn.

II. Scene.

(lösen sich aus der Gruppe, die sich im Hintergrunde
gebildet hatte, los und kommen langsam in den Vordergrund.)

Erster Krieger

Hier steht der Priester, bring' die Sache vor!

Rando

Was will die Maid?

Priester

Sag', was ist Dein Begehr!

Amalberga

(zu Ukromür, nachdem sie sich forschend umgesehen)

Ich seh' ihn nicht. — Sprich Du!

Ukromür

Burgunder sind wir,

Zu klagen kommen wir; Recht zu begehren.
Ein Alemanne stahl sich ihre Liebe,
Schwur sich ihr zu und dann verließ er sie!

Priester

Ein arg Vergehen und wer war der Mann?

Ukromür

Kein And'rer als der Herzog Withikon!
(Große Bewegung.)

Erster Krieger

Das lügst Du, Schuft!

Zweiter Krieger

Der Alemannenfürst
Und ein Burgunderweib —?!

Dritter Krieger

Was er verspricht,
Das hält er auch!

Ufromür

Und er versprach, zu kommen,
Sein Weib — das ist sie — eilends heimzuholen,
Doch kam er nicht und darum kommen wir.

Priester

Gab sich der Mann für Herzog Withikon?

Amalberga

Er sagte mir, ich soll ihn Rando nennen.

Priester (erschrocken)

Wie, Rando —? (leise zu diesem)
Wär' es möglich —?

Rando (eifrig)

Wann geschah's,
Daß er Dir Liebe schwur und Dich verließ?

Amalberga

Fünf Mondenwechsel zählt' ich kummervoll.

Rando (zum Priester)

Sie ist's!

Erster Krieger
(durch das heimliche Reden der Beiden mißtrauisch gemacht,
zu den Umstehenden.)

So wär' es wahr?

Erste Frau

Ein fremdes Weib,
Der Fürst und Führer —?

Zweite Frau

Ohne Beispiel wär's!

Priester

Empörend wäre es und ohne Gleichen!
Die Wahrheit sprich. — Du kennst den Herzog nicht?!

Amalberga

War er's denn nicht?

Rando
(zum Priester, verweisend)

Wozu soll lügen frommen?
(zu Amalberga)
Wenn wirklich Du es warst, die er gesucht
An jenem Abend bei der alten Eiche,
So nenne Dich, denn ich war mit ihm dort,
Weiß Deinen Namen auch und Herkunft; sprich!

Amalberga (zu Ufromür)

Ich schäme mich —!

Ufromür

Um welcher Sünde willen?
Er schwor sich Dir zum Gatten; das genügt!
Sie fordert Recht von euch; ihr seid es schuldig
Ihr, Amalberga, Tochter Antabogs.
(Allgemeine Bewegung.)

Erster Krieger

Des Antabog, den Chnodomar erschlug?

Zweiter Krieger
Und dessen Sippe ihn des Mordes zieh?

Dritter Krieger
Die Rache schwur an Kind und Kindeskindern.

Erste Frau
Und sie vermählt sich dem geschwor'nen Feinde?

Zweite Frau
Ein Fallstrick ist's — gebt Acht! Daher die Wunde,
Die ihn zu Fall gebracht! Lag er denn nicht
Zwei Monde fast danieder?

Erster Krieger
       War es das? —
    (zu Rando)
Es hätten Schächer damals euch beschlichen,
So sagtest Du —!

Rando
    Und wie ich sprach, so war's.

Zweiter Krieger
Ein abgeredet Spiel von jener Seite
War wohl das Ganze —?

Erste Frau
    Eine list'ge Falle!

Zweite Frau
Sie mußt' ihn locken —!

Erste Frau
    Und er fiel hinein!

Priester

So war es! Wir verbargen es dem Volke
Aus Schonung für ihn selbst, der schwer vergangen
Sich gegen Brauch und Sitte dieses Landes.
Er hat's gebüßt! Zwei Monde seines Lebens
Stahl ihm der schuldbefleckte Liebesrausch!
Hier diese aber fordert Recht für sich;
Es soll ihr werden! —

(winkt nach hinten)

Kommt heran, ihr Frauen,
Sprecht ihr das Urtheil —

Rando (schnell)

Wie, bist Du bei Sinnen?
Was willst Du thun?

Priester

Kein Mittel scheue ich,
Um zu verhindern eine Lasterthat,
Wie jene ist, die er im Sinne führt.
Sie darf sein Weib nicht sein! —

Rando

Doch wenn sie's ist?

Priester

So schneller muß die Strafe sie ereilen;
Das Volk verurtheilt sie als Mörderin.

Rando

Wenn schuldlos aber — ?

Priester

Schuldig muß sie sein!
Sie ist es auch.

6

Rando

Das wollen wir erst hören.

ju den andrängenden und Amalberga bedrohenden
Weibern)

Ihr da zurück! Kein Finger hebe sich
Ihr Leib's zu thun! Im Namen Withikons
Führ' ich die Sache der Burgundermaid.

(zu Amalberga)

Du aber fürchte nichts und gib mir Wahrheit
Auf mein Begehren. Sahst Du Withikon
Vor jenem Abend schon?

Amalberga

Wohl sah ich ihn
Ein einzigmal, doch damals hielt ich ihn —

Rando

Wofür? Sprich's aus!

Amalberga

Für Einen, den die Götter
Vom hohen Wolkensitz herabgesandt,
Um mir des Vaters Gruß zu überbringen,
Der selig selbst bei sel'gen Göttern weilt.

Rando

Was war es, das in ihm den Gott erblicken
Dein helles Auge ließ?

Amalberga

Er schützte mich
Mit seines Armes Kraft vor jähem Tode.
Zu meinem Retter sah ich dann empor,
Deß Angesicht der volle Mond bestrahlte;

Da fühlte ich das Blut zum Herzen jagen
Und in mir rief's: Den Göttern weihe Dich,
Ihr Bote ist's, vom Himmel ausgesandt,
Sie haben Dich zu ihrem Dienst erkoren!

Rando
Und als nach langer Frist er wieder kam?

Amalberga
Hab' meine Seele ich an ihn verloren.

Rando
An jenem Tag, der so verhängnißvoll
Für Dich und ihn geworden, ließest Du
Vom Augenblicke, da er Dir erschienen,
Bis wo er Abschied nahm, ihn nie allein?

Amalberga
Er sprach von Liebe, und ich zürnte ihm
Und ging davon! — Doch fühlte ich alsbald,
Daß es nicht Zorn war, was mein Herz erfüllte,
Daß es weit eher —
    (verbirgt schamhaft ihr Gesicht in beiden Händen)

Rando
     — Daß es Liebe war?

Amalberga (ausbrechend)
Ja Liebe, heiße unbegrenzte Liebe!
Was lange still im Busen war verschlossen,
Was demuthsvoll für einen Gott ich hegte,
Das unbekannte, selige Gefühl —
Klar zeigte sich's den hochentzückten Sinnen.

6*

Es brach hervor mit aller Macht und Stärke
Und willenlos — und doch bei vollem Wissen —
Kehrt' ich zurück und tauschte Kuß um Kuß!

Rando
(sich an die Mannen wendend)
Und nun zu euch, die ihr gestählten Blickes
Dem Tode hundertmal in's Antlitz saht,
Ihr lerntet lesen in der Feinde Augen,
Wißt wie die Furcht, wißt wie die Wahrheit blickt.
(Amalberga so drehend, daß die Männer ihr voll in's
Gesicht sehen können)
Seht ihr in's Angesicht, entdeckt ihr Arglist
In diesen unschuldsvollen, reinen Zügen?
Ich wahrlich nicht und frei bekenne ich's:
Wär' sie an Withikon nicht schon verloren,
Ich selber wär' es, der die Schranke bräche:
Um solch' ein Weib verließ ich meinen Stamm!

Die Krieger
(geben ihre Zustimmung zu erkennen).

Priester
Wer läßt sich blenden durch Geberden, Blicke,
Durch heuchlerisches, wohlberechnet Wort?
Ich nicht!
(zu Rando)
Du bist zu Ende, nicht so ich!
(zu Amalberga)
Gib Antwort nun dem Priester und dem Richter
Und trage Sorge, daß Dein Muth nicht schwinde,

Wenn siegend über Finsterniß und Lüge
Der Wahrheit Sonne durch die Wolken bricht.
— Weißt Du, was dann, nach dieser nächt'gen
Stunde,
In welcher Du die Anwartschaft auf Ehre
Für alle Zeiten und bei allen Völkern
Die uns're Sprache reden, frech verscherztest —,
Was dann mit Herzog Withikon geschah?

Amalberga
(erschrocken und verwirrt)
Was dann geschah?

Ukromür
Ei nun, dann ist geschehen,
Um dessentwillen sie jetzt Klage führt. —
Er kam nicht wieder.

Priester
Ei, verlog'ner Sclave,
Willst Du uns höhnen? Trittst Du für sie ein?
Bist selbst der Schächer wohl, der ihn vom Dickicht
Mit seines Speeres Wucht zu Tode traf?

Amalberga (aufschreiend)
Ha todt?! Du lügst! Gestehe, daß Du lügst!
O ich beschwöre Dich auf meinen Knieen.
Du hassest mich um meiner Liebe willen,
Ich fühl' es tief; — so räche Dich an mir!
Vernichte mich, zertritt mich, jage mich,
Das von der Heimat ausgestoß'ne Weib,

Aus dieses Landes Grenzen; tödte mich!
Nur sprich es aus, das Wort: Du haft gelogen!

Priester

Auf solche Fertigkeit in Heuchelkünften
Bin ich gefaßt. Du wärst die Erste nicht,
Die man auf meinen Spruch im Moor versenkte,
Weil sie mit Schande sich belastet hat.
Daß er nicht todt, ist uns, nicht Dir, zu danken,
Vor Allen diesem, der ihn auf der Schulter
In tiefer Nacht durch Wald und Haide trug
Bis endlich er auf Alemannen stieß.

Amalberga

(sich umkehrend und Rando's Hände fassend und küssend)
O Du, — wie nenn' ich Dich! — Du warst bei
                                        ihm —
Du trugst ihn fort, den Schwerverwundeten —,
Und jetzo — lebt er? lebt und ist gesund?!
O sprich! Ist's wahr?

Rando

                    Er lebt und ist gesund.
Doch lag er schwer danieder fast zwei Monde;
Die Römer wußten das und quälten uns
Mit Ueberfall und Einbruch Tag und Nacht,
Bis endlich die Geduld dem Helden schwand
Und er, bevor die Wunde noch vernarbte,
Auf's Pferd sich schwang und frohgemuth wie stets
Das Alemannenvolk zum Siege führte.
Beladen reich mit Beute und Trophäen
Kehrt eben die Ambastenschaar zurück!

Amalberga

Ihr ew'gen Götter habet Dank, habt Dank!
Nicht böse Absicht war's, die fern ihn hielt;
Dem Tode nah', lag er im Siechenbett!
Und ich, sein Weib, ich durfte ihn nicht pflegen,
Durst' nicht die Wunde heilen, die der Schächer —
(Verdammt sei er dafür in Ewigkeit)
Dem Helden schlug —! Doch Du, Du mußtest tragen
Den theuren Freund? Wo blieben eure Pferde?

Rando

Ich war bei ihnen, ich bewachte sie.
Da hört' ich plötzlich meinen Namen rufen
Und Hilfe noch dazu. Schnell lief ich hin
Und fand den Herzog dort in seinem Blute.
Ich schleppte ihn zum nahen Weideplatz,
Verband die Wunde, lud ihn auf den Rücken
Und trug ihn fort, indeß der Schächer sich
Mitsammt den Rossen auf der Flucht befand.

Amalberga

Und Niemand kennt ihn? Er entgeht der Strafe?

Priester

Da sind wir auf dem Punkt. Nun ist's genug!
Ihr Weiber faßt sie an; hinaus mit ihr!
Peitscht sie durch's Dorf und jagt sie auf die Haide;
Den Schelm mit ihr, und spricht er nur ein Wort,
So bindet ihn an einer Birke fest.
Mit Hieben preßt ihm das Geständniß ab,
Daß er den Speer geschleudert und darauf
Die Pferde stahl sammt Schild und Waffenzier!

Amalberga
(im tiefsten Schmerze ihr Gesicht an Ukromürs Schulter
verbergend)

O Ukromür! Mein Herz, mein armes Herz!

Frauen
(wollen die Männerreihen durchbrechen)

Die Ruthen her! Die Dirne! Fort mit ihr!

Krieger
(unschlüssig, was sie thun sollen, — lassen nach nachlässiger
Gegenwehr die Weiber durch, welche Miene machen, sich
auf Amalberga zu stürzen.)

Rando
(sucht diese zu schützen)

Zurück, ihr sollt nicht! Fort! Mit meinem Leben
Schütz' ich das ihre. Wartet auf die Ankunft
Des Herzogs Withikon! Sein Weib zu suchen,
Es heimzuführen, zog er gestern aus.
Kehrt er zurück, dann fürchtet seinen Zorn.

Priester
Was Zorn, was Furcht! Ich fürchte nur die Götter
Und ihren Zorn! Und dieser trifft uns schwer,
Wenn wir den Frevel sich vollziehen lassen.
Weiß erst der Herzog, daß sie ihm verloren,
Sei es auf diese oder jene Art,
Wird er sich endlich selber wieder finden
Und reuig beugen sich dem Richterspruch!

III. Scene.

Vorige. Withikon.

(War bei den Worten des Priesters „da sind wir auf dem
Punkt" eingetreten, überschaute sogleich die Situation und
verweilte, mühsam an sich haltend, auf der Treppe im
Hintergrunde. Jetzt tritt er, die Menge kräftig theilend,
mit raschen Schritten in den Vordergrund.)

Withikon

Da kennst Du schlecht den Herzog Withikon!
(Allgemeine große Bewegung.)

Die Krieger

(sind sichtlich erfreut über sein plötzliches Erscheinen, sie
drängen jetzt die Weiber, welche erschreckt nachgeben, zurück,
so daß die Hauptpersonen im Vordergrunde Platz gewin=
nen, sie schlagen geräuschvoll die Schilde aneinander)
Heil uns'rem Helden, Herzog Withikon!

Amalberga

(erkennt ihn und stürzt, an Rando vorübereilend, zu seinen
Füßen)
Da bist Du! O welch Glück, ich bin gerettet!
Unschuldig bin ich! O, Du glaubst es mir!
Dein Aug' blickt mild. Gib ihrer Wuth nicht preis
Ein armes Weib, das man um Dich verstieß
Von Hof und Hain! Ich schelte nicht darum;
Gerecht war meines Ahnherrn Richterspruch.
Den Haß des Volkes will ich duldend tragen —
Ich hab' gesündigt —, aber unbewußt.
Ich kam hierher, um hart Dich anzuklagen,
Zum Racheschwur erhob sich diese Hand;

Um meine Ehre wollt' den Kampf ich wagen,
Ich sehe Dich — und aller Haß entschwand!

Withikon

(will sie erheben und an seine Brust ziehen)
Komm' an mein Herz, Du schwergeprüftes Weib.

Amalberga

Ich darf Dein Weib nicht sein; der böse Priester,
Die grimmen Frauen dort, sie wollen's nicht.
Ach dulde mich bei Dir, in Deiner Nähe,
Als Dienerin, als Sclavin wenn Du willst,
So lange nur als —
(mit vor Scham und Furcht unterdrückter Stimme)
Deinem — unf'rem Kinde
Die Mutter lebend noch von Nöthen ist.

Withikon

(sie innig umschlingend)
Mein Weib bist Du! Fürstin der Alemannen,
Gegrüßet sei in Deinem neuen Heim. —
Wer von euch Männern mir dies Weib mißgönnt,
Wer seine Ehre und des Volkes Heil
Verkümmert wähnt durch diesen Ehebund,
Der trete vor, der wag' mit mir den Kampf;
Erst wenn ich todt bin, ist sie preisgegeben.

Priester

Dein Herz frohlockt und Deine Zunge lästert!
Du pochst auf Kriegesruhm und Waffenglück.
Für nichtig achtest Du die alten Bräuche;
Du glaubst an Götter nicht, nur an Dich selbst.

Doch euch Verblendete, die ihr in ihm,
Dem Glaubensschänder Zin selbst erblickt,
Euch warn' ich nochmals — fürchtet Wotans Zorn!
Ein Volk nimmt Theil an seines Fürsten Schuld,
Wenn es geduldig dessen Launen fröhnen
Und was ihm Noth ist, nicht erkennen will.

Rando
(heftig ausbrechend)

Dem Volke Schande, das den Priester höher
Als seinen selbsterkor'nen Fürsten stellt!
Ihr Männer: Blut und Leben für den Führer
Und Heil dem Weibe, das er sich erwählt!

Erster Krieger (treuherzig)

Nicht wahr, er lügt? Du höhnst die Götter nicht!

Zweiter Krieger

Du rüttelst nicht an uns'rem alten Glauben?

Dritter Krieger

Und an Gesetzen, die uns heilig sind?

Withikon

Ich kämpfe gegen Götter nicht und Glauben,
Nur gegen Unvernunft und finstern Wahn! —
Das Höchste, was ein Mensch erreichen kann,
Ist — schon auf Erden das in sich zu finden,
Was nach dem Tode lebend uns erhält.
Das Hochgefühl: zum besten seines Volkes
Den Weg zum Lichte aufgesucht, gefunden —
Und wär's um eines Schuhes Länge nur,
Für uns're Enkel ihn geebnet haben.

Erster Krieger

Ganz gut! Doch hier dies Weib ist eine Fremde
Aus and'rem Stamme; einem Nachbarvolke,
Das ewig uns bekriegt und das uns haßt
Und das zu lieben keinen Grund wir haben.

Withikon

Wer schuf und schürt' den Haß der beiden Stämme?
Kein And'rer als die Priester! — Daß der Glaube:
Es läge am Besitz der Salzesquellen
Zugleich Gewähr für Götterhuld und Schutz,
Zu ewig neuen Kämpfen uns verleitet,
Ist ihre Schuld! Ist nicht genug vorhanden
Der Himmelsgabe? Können wir nicht friedlich
Sie mit dem Nachbar theilen? Sind vielleicht
Burgunder nicht so gut wie wir Germanen?
Nur Eines stellt uns thurmhoch über Alle:
Es ist des Stammes hoher Freiheitssinn,
Den ungebändigt keine Fessel lähmt.
Das stolze Rom, dem alle Andern fröhnen,
Es konnte sich und wird sich niemals rühmen
Des einen Falles, daß ein Alemanne
Als Römerknecht um Römersold gekämpft!
Das ist es, was mich stolz auf meine Heimat,
Auf meinen Fürstenrang mich eitel macht.
Sieh', solchen Haß, den magst Du emsig schüren,
In jeder Brust entfache heißen Brand,
Denn er entstammt dem edelsten der Triebe:
Der Liebe für das Volk, das Vaterland!

Erster Krieger

Den Römern Haß in alle Ewigkeit!
Recht hast Du, Withikon, wir sind Germanen
Und die Burgunder sind desselben Bluts.

Zweiter Krieger

Du bist der Fürst! Das Alemannenvolk
Steht treu zu Dir! Und weil es gut Dir dünkt,
Ein Weib zu freien vom Burgunderstamm,
So muß es recht uns sein!

Dritter Krieger

                              Du bist der Herr!
Wer hätte Macht und nützte sie nicht aus?!

Alle Krieger
(geben ihre Zustimmung zu erkennen)

Priester

Und daran denkt ihr nicht, Verblendete,
Daß Blutbann über beider Häuptern schwebt?
Des Racheschwurs gedenke, Withikon,
Willst endlos Unheil Du Dir selbst bereiten?

Withikon

In ehrlich abgesproch'nem Zweigefechte
Fiel Antabog! Mein Vater hat's beschworen.
Genug als Pfand, um nicht an Mord zu denken,
Der den Burgundern selbst nicht glaubhaft scheint,
Wenn sie auch kühn das Gegentheil behaupten!
Was nun den schimpflichen Verdacht betrifft,
Mit welchem Du den braven Knecht belastet'st,
So höre denn: Mein Pferd ist wieder da!

Unfern der Grenze auf dem Weg hierher
Gewahrte ich's — ich pfiff — es lief mir zu.
Der Schächer aber machte sich davon,
Verschwand im Busch: doch Roß und Schild und
                            Waffen,
All' das, was mir gehört, ließ er im Stich'!

Ukromür

Dein Pferd, das muß ich sehen!
    (eilt in den Hintergrund und blickt hinaus)

Rando

                 Und er entkam?

Withikon

Ich fang' ihn schon; er hat ja noch ein Pferd,
Das ihn verrathen kann.

Ukromür (zurückkommend)
           Wir haben ihn!
Ich kenn' das Pferd, denn noch vor wenig Nächten,
War's Gast in meinem Stall. Und der es ritt,
Es war derselbe, der vor bald fünf Monden,
Als Brautgeschenk der Tochter Antabogs
Dasselbe Roß, dieselben Waffen bot.

Withikon
    (übermüthig lustig)
Er stahl mein Pferd um's meinem Weib zu schenken?
Ei, das ist lustig! Und der schlaue Mann,
Wie nennt er sich?

Ukromür
    Du kennst ihn, Thegabrecht.

Withikon (erstaunt)
Der sich an mich verspielte, dann entfloh?

Ukromür
Genau derselbe ist's! In Diensten Rom's
Zieht er durch's Land. Er wirbt um edle Töchter,
Stiehlt Pferde nebenbei —

Withikon
     Und mordet auch!
Beinahe wär' es ihm mit mir geglückt!

Priester
Auch dies ist ein Burgunder —!

Withikon
     Räud'ge Hunde
Sind allerwärts!

Priester
 So gehe in's Verderben!

Withikon
Genug hievon! Ich will in Frieden leben
Mit allen Nachbarn, die Germanen sind.
Kann ich den Vorsatz ehrlicher bekunden
Als durch den Abschluß solchen Ehebund's?
Weil es gebräuchlich nicht, ist's darum schlecht,
Wenn sich die Völker mischen? Einer muß
Den Anfang machen, And're folgen nach!
Und unsre Enkel werden's froh erzählen
Den ihren wieder —, wenn die Völker einig —,
Daß thöricht Vorurtheil sie einst geschieden,
Und ich der Erste war, der es bekämpft!

Priester

Und derer, die da leben, denkst Du nicht?
Was sagen s i e von Dir?

Withikon

Daß Withikon
Ein Fürst ist, der, was er für recht erkennt,
Trotz Deines Einspruchs, zu vollziehen strebt;
Daß er ein Mann ist, der in Menschen Brüder,
Nicht wilde Thiere zu erblicken pflegt.
Er hat bewiesen, daß er kämpfen kann,
Doch daß er Sinn auch hat für inn'ren Frieden.
Daß er, so es die Götter wollen, s t e r b e n —,
Auch daß er l e b e n kann und deß sich freuend:
Mit gleicher Inbrunst W e i b und K i n d umfasset,
Mit e i n e r Liebe V o l k und V a t e r l a n d!

(er umarmt Amalberga, die ihm leuchtenden Blickes zuhörte
und sich in unverkennbar reinstem Glücke an seine Brust
schmiegt)

Alle Krieger

(schlagen die Schilde aneinander und rufen jubelnd)
Heil Amalberga! Heil Dir Withikon!

Der Vorhang fällt.

Vierter Act.

Im Eichenhaine.

I. Scene.

Priester. Germanische Männer, meist Greise und Jünglinge, Frauen und Mädchen.

Dieser Act spielt ein Jahr später als der dritte.

Priester

(steht in der Mitte der Bühne mit dem Rücken nach dem Publicum. Die Greise sitzen und die Uebrigen knieen um ihn her. Er hält die Arme zum Himmel emporgestreckt zum Gebet)

Siegvater, höre uns, sei mit den Deinen;
Beschirme sie mit Deinem mächt'gen Schild!
Und Ziu, Du, der Du die Schlachten lenkest,
Verleihe Sieg dem sieggewohnten Heere, —
Und zürnest Du — dann strafe Ziu, strafe:
(dumpf und sich dabei umkehrend)
Du kennst den Schuldigen — vernichte ihn!

Erste Frau

Doch erst, wenn er gesiegt!

Priester

Du thöricht Weib,
Sind Götter mit uns, braucht's dann Withikons?
Kehrt er uns lebend aus dem Kampfe wieder

7

Und krönt Erfolg sein schuldbeladen Thun,
So sind verfallen wir für alle Zeiten
Der Willkürherrschaft dieses zügellosen,
Vernichtungswüthig wilden Feuergeistes!
Umstürzen und zerstören wird er alles
Was alt und hergebracht. Alleinzuherrschen,
Das ist sein Ziel! Der Glaube und die Priester,
Sind ihm im Wege, darum fort mit Beiden!
Und daß ihr Frauen nicht der Männer Sinn
Von ihm, dem Allgewalt'gen wenden mögt,
Verkümmert er —, nie war's zuvor geschehen,
Der Frauen Antheil an dem Schlachtenglück.

Erste Frau

Ein solcher Frevel bleibt nicht ungerächt!
Die Runen sprachen —, furchtbar naht das Ende!
Das fremde Weib bracht' Unheil uns'rem Stamm!

Zweite Frau
(in die Scene links blickend)

Dort spielt sie sorglos an der Bergeshalde
Mit ihrem Knaben, uns'rem künft'gen Herrn!
Sie meidet uns, sie mag mit uns nicht beten;
Was sind auch Götter neben Withikon!

Erste Frau
(halblaut zum Priester)

Was soll, wenn Wotan gegen uns sich wendet,
Wenn unser Heer den Römern unterliegt,
Mit ihr und ihrem Sündenkind geschehen?

Priester

Die Sorge laß' den Göttern! — Gleich der Mistel,
Die fremd dem Baume bleibt, an dem sie klebt
Und deren Früchte nur der Vogel liebt,
Dem sie ihr kümmerliches Dasein dankt —
Wird sie, die fremde angewehte Frucht,
Ein Wintersturm vom Eichenaste wehen,
Der Freistatt ihr für kurze Zeit gewährte.
Der Winter naht und mit ihm kommt der Sturm;
Im Sturme aber jagt ein Gott daher —!
Ihm laßt die Sorge! — Uns geziemt Gebet!

Erste Frau

Mit ihrer Sclavin, der Burgundermaid,
Der Tochter Ukromürs, der sie gesandt
Ihn zu ersetzen, da er heimwärts zog,
Betritt sie jetzt den Hain —

Priester

                    So gehen wir.
Wir dürfen Liebe nicht, noch Haß ihr zeigen,
D'rum ist es klug, ihr aus dem Weg' zu gehen.
Wir weichen aus; nicht wehren wir dem Glücke
Und auch das Unheil laden wir nicht ein;
Doch Beides — kommt es — finde sie allein!
            (gehen langsam nach Seite rechts ab.)

II. Scene.

Amalberga. Theolinda
kommen, noch ehe die Letzten von der Bühne fort sind, von
Seite links.

Amalberga

(schmerzlich bewegt, den Abgehenden nachblickend)
Ich komme und sie gehen, so ist's immer;
Des Gatten Heimat bleibt mir ewig fremd.

(sich auf eine Baumwurzel setzend)
O welch ein Loos!

Theolinda

Bah, mach' Dir keine Sorgen!
Der Herzog liebt Dich und die Kriegerschaar,
Das ist das Wichtigste! Die Weiber sind
Dir neidisch um Dein Glück; doch können sie
Dir etwa schaden? Wird wohl Eine wagen,
Den Knaben und die Gattin Withikons
Jemals zu kränken nur mit einem Blick?
Wie würd' er's ahnden!

Amalberga

Wenn er wiederkehrt! —
(aufspringend und unruhig umhergehend)
O der Gedanke ist mir fürchterlich
Daß er wie jeder Andre sterben kann!
Ist er zugegen und ich seh' ihn an,
Dann bin ich glücklich —, jede bange Furcht
Entweicht vor seinem zaubervollen Blick!
Vergessen ist in seinem Anschau'n Alles,
Was mir die Seele preßte, war er fern!

Und hebt er meinen Knaben gar empor
Und drückt ihn an die starke Mannesbrust,
Da öffnet sich der Himmel meinen Augen,
Der Erd' entrückt genieß' ich Götterlust! —
O wär' ich dorten erst mit ihm vereint.

Theolinda
Ei das ist neu! Du sehnst Dich nach dem Tode?

Amalberga
Ich freu' mich auf das Leben nach dem Tod!

Theolinda
Da denk' ich anders!

Amalberga
Hat Dir, liebes Mädchen
Auch jemals Unheil schon den Sinn getrübt?
Dir lebt ein guter Vater, der Dich liebt
Und schützen wird vor jeglicher Gefahr.
Und wirst Du einstmals seines Schutzes ledig,
So bleibt Dir immer noch ein Heimatland,
Zu dessen Kindern Du Dich rechtlich zählst!
Weh meinem armen Knaben, wenn sein Vater
Ihm plötzlich würde durch den Tod entrissen. —
Es wäre furchtbar! Darum sehn' ich mich
Nach einstig schönerem Zusammensein
In ewig lichten ungetrübten Räumen,
Wo keine Racheschwüre uns bedräuen,
Wo Menschenflüche nicht ereilen können,
Wen Götter bargen in der Eintracht Haus.

Theolinda

Da kommt das finst're Weib, das ich so fürchte;
Ich hielt's für klug, ihr aus dem Weg zu gehen.

Amalberga

Geh Du allein; ich schäme mich zu fliehen,
Obgleich auch mich ihr Blick mit Angst erfüllt.
Ich will sie fragen.

Theolinda

(geht hinter den Bäumen nach Seite rechts ab.)

III. Scene.

Amalberga, Bertrade, zum Schluß Theolinda.

Bertrade

(kommt langsam von rechts und will ohne zu grüßen an
Amalberga vorübergehen)

Amalberga

(ihr in den Weg tretend)
            Bleib und steh' mir Rede!
Ich bin's gewohnt, gemieden mich zu sehen;
Doch nicht, daß man die Achtung mir versagt.
Die eines Fürsten Weib für sich verlangen
Und fordern muß, so es sich selber ehrt.
Warum nicht grüßest Du?

Bertrade

(sieht ihr fest in's Auge)
            Weil ich Dich hasse!
Ich kann nicht heucheln, darum grüß' ich nicht.
(will weiter gehen)

Amalberga

Nein, halte Stand. Ich suchte Dich nicht auf.
Du kreuztest meinen Weg; wir sind allein!
Sprich ehrlich aus, was Dir an mir mißfällt.

Bertrade

Und was soll meine Ehrlichkeit bezwecken?

Amalberga

Daß ich mich selbst durch sie erkennen lerne
Und Fehler banne, steht's in meiner Macht. —
Der größte ist's, daß ich Burgundin bin.

Bertrade

In Deiner Abkunft seh' ich keinen Fehler.
Ich denk' wie Withikon: Germanen sind
Wir sammt und sonders. Daran läge nichts!
Daß Du von Deiner Sippe Dich geschieden
Und ihrem Nachgelöbniß Dich entzogst —,
Nicht ich bin's, die Dich darum schelten wird.
Du bist sein Weib! Wie's kam gilt gleich'—, Du bist's
Und damit ist Dein Thun Dir vorgezeichnet!
Nicht Vater gilt, nicht Mutter mehr der Frau:
Des Mannes ist sie ganz, der sie erwarb.
Und wäre er der Mörder ihres Bruders,
Ja ihres Vaters selbst — sie ist sein Weib —;
Unlösbar ist das Band, das Gatten bindet
Und selbst sein Tod macht nicht die Witwe frei.

Amalberga

Daß ich die Pflichten einer Gattin kenne
Und sie auch übe, ist wohl allbekannt;
Mir bleibt's darum erspart, mich selbst zu loben.

Bertrade

Sieh', wie sie prahlt, die kecke Heuchlerin!
Kennst Du die Pflichten des Germanenweibes?
Weil Du sie nicht übst, darum hass' ich Dich.
Geschäh's aus Feigheit, müßt' ich Dich verachten.

Amalberga

Was Du mir vorwirfst, wirst Du auch begründen;
Man schmäht nicht ungestraft ein ehrlich Weib.
Ich liebe Withifon, er ist mir Alles,
Er und mein Kind sind mir die ganze Welt.

Bertrade

Und damit denkst Du, sei es abgethan?
Einfältig Weib, wo ward'st Du denn erzogen,
Daß Du vergessen konntest, was den Frauen
Als Höchstes gilt, so weit Germanien reicht?
Fest hängt am Manne ein germanisch Weib,
Es folgt ihm nach in's Feld und in die Schlacht
Und selbst den Säugling läßt es nicht daheim.
Es hört der Kämpfer durch das Schlachtgetümmel
Die Stimme seines Weibes, seiner Lieben,
Die hinter ihm in starker Wagenburg
Durch lauten Zuruf seinen Muth entflammen.
Und trifft der Streich, so trägt er seine Wunden
Zur Gattin hin, die sorglich sie verbindet
Und Sinkenden verdiente Labung reicht. —
Das war Gesetz und Pflicht zu allen Zeiten,
Des Weibes unbestritten Ehrenrecht.
Bis Du uns kamst! — Was that nun Withifon?
Gleich wie der Priester Rechte er nicht schonte,

So stahl er tecken Sinn's auch uns den Ruhm,
Im heil'gen Kampfe um das Vaterland
Das Leben muthvoll eingesetzt zu haben.
Die Hoffnung nahm er uns: Walhalla's Wonnen
Mit unf'ren Helden im Verein zu theilen
Und weil wir leben, uns das Haupt zu schmücken
Mit wohlverdientem frischen Eichenkranz.

Amalberga

Der Vorwurf trifft nicht. Herzog Withikon
Hat mir die Bitte rundweg abgeschlagen. —
Und als ich dann auf meinem Recht' beharrte,
Das Allen gleich ist, — that er ab dies Recht,
Mit weisen Worten den Entschluß begründend.
Die Krieger billigten's, so ist es gut!
Ich bin gewohnt, mich klugem Männerworte,
Nicht deutelnd, wie mir's ziemt, zu unterwerfen.

Bertrade

Wärst Du ein Weib vom Alemannenstamme,
Du hättest flehend seine Knie' umklammert,
Eh er noch aussprach jenes böse Wort!
Nicht kannst ermessen Du die schweren Folgen;
Du hast ein großes Schlachten nie gesehen!
Frag' bei den Römern an, wen mehr sie scheuen:
Germaniens Krieger oder deren Frauen!
Ich war dabei, als wir vor dreizehn Wintern
Bei Straßburg fochten gegen Julian.
Es war die erste Kriegsfahrt Withikons.
Sein Vater Chnod'mar führte unser Heer!

O welch' ein Tag! Bevor die Schlacht begann,
Entflammte unser Volk des Führers Rede
Von Freiheit, Vaterland, von Volksruhm, Sitte,
Vom Angedenken an die Waffenthaten,
Die unf'ren Vätern Wotans Gunst erwarben.
Das Volk schlug an die Schilde, Trommeln lärmten,
Die Zinken schallten und das Horn von Erz!
Der Schlachtgesang fiel ein; man schwang die Waffen
Und gräßlich hallte wildes Kampfgeschrei!
Umschlungen hielten jauchzend sich die Paare
Und drehten sich in schaurig schönem Tanz;
Der Dreischlag schallte auf der harten Erde,
Die Römer bebten vor dem Donnerton!
Und nun begann der Kampf: Blut floß in Strömen:
Wir sahen Gatten, Söhne, Brüder fallen
Und Leichenhaufen bilden rasch den Wall,
Ein Schutz den Kindern in der Wagenburg.
Wer von den Unsern feig entfliehen will,
Mit Schimpf und Wehr wird er zurückgetrieben,
Und sträubt er sich, fällt ihn der Mutter Arm!
Doch aller Heldenmuth, er konnte nicht
Der Römer Ueberzahl im Kampf bestehen. —
Da, als die Noth auf's Höchste war gestiegen,
Als Chnodomar schon unter'm Pferde lag,
Da faßte wild uns die Verzweiflung an.
Wir schleuderten die Kinder auf den Boden
Und die zerfetzten Leiber dann den Feinden
In ihr darob entfärbtes Angesicht! —
Nichts galt das Leben mehr, mit unf'ren Nägeln

Zerfleischten wir gleich blutbegier'gen Wölfen,
Was lebend sich auf uns'rem Wege fand.

Amalberga

Entsetzlich! Gräßlich! Wie? Die eig'nen Kinder?

Bertrade

Doch besser todt sein als ein Sclave Rom's?!
Seid ihr Burgunden denn so weichlich Volk?
Ehrt ihr nicht Brauch und Sitte der Germanen?
Fest steht's bei uns, daß in Gefangenschaft
Der Sohn den Vater tödtet. Eiligst folgt
Die Mutter mit den Kindern. Tod ist nichts!
Wir fürchten eines nur, die Sclaverei!
Ihr zu entgehen lassen wir uns schlachten
Und schlachten selbst, wär's unser eigen Fleisch.
(in die Scene rechts zeigend)
Betrachte nur die Häupter jener Frauen!
(ihre eigene Stirne entblößend)
Die Narben sieh! Nicht wir sind Schuld gewesen,
Daß Rom die grause Völkerschlacht am Rheine
Als einen Sieg für sich verzeichnen kann!

Amalberga

Doch eben jener Tag gebar die Lehre,
Daß Weib und Kind den weisen Feldherrn hemmen,
Wenn Klugheit ihm den schnellen Rückzug räth.
Ein tollkühn Opfern vieler tausend Leben,
Wo keine Möglichkeit zur Rettung bleibt,
Ist ein Verbrechen, das die Götter strafen,
An Jenem strafen, der gewissenlos
Sein ihm vertrautes Heer zur Schlachtbank führt.

Dies und noch eins bestimmten Withikon
Für diesesmal, wo alles auf dem Spiele,
Von altgewohntem, schlecht bewährtem Brauche
Mit Zustimmung der Mannen abzustehen.
Der zweite Grund jedoch blieb sein Geheimniß.
Doch hab' ich Vollmacht, wie euch wohlbekannt,
Drängt sich — was jetzt noch dunkel, faßbar auf, —
In seinem Sinne muthig vorzugehen!
Kommt erst der Tag, werd' ich den Sinn verstehen! —
Du und ihr Alle irrt euch sehr in mir,
Wenn ihr mich feige wähnt! Auch ich sah Blut.
Die Gattin Withikons weiß, was sie schuldet
Sich selbst und ihrem neuen Heimatland.
    (zu der schnell von rechts herbeieilenden Theolinda)
Was ist's? Dein Angesicht ist leichenfahl:
Was hat Dich so erschreckt?

Theolinda
(in die Scene rechts zeigend, keuchend)

                Sieh dort — der Blinde!

Amalberga
(heftig erschrocken)

Ha, Thrasamund und hier! das deutet Unheil!
Bei seinem Anblick schwindet mein Vertrauen
Und fürchten muß ich, daß der Götter Zürnen
Als Zielpunkt für ihr tödtliches Geschoß
Sich mein von Glück erfülltes Herz ersehen!

IV. Scene.

Vorige. Thrasamund von Bolchius geführt.
Priester und etliche aus dem Volke. Im Laufe dieser
Scene kommen nach und nach alle Uebrigen auf die Bühne.

Priester
(zu Thrasamund)

Du stehst vor Amalberga, Gattin Withikon's!

Amalberga
(nach einer kleinen Pause peinlichen Stillschweigens, für sich)

Red' ich ihn an? — Den Dienst versagt die Zunge.
Darf ich die Hand ihm bieten? Diese Stunde
— Im Herzen fühl' ich's — bringt mir tiefes Weh'.

Thrasamund

Ist Amalberga blind und stumm geworden?
Kennt sie nicht mehr den Vater jenes Mannes,
Dem sie ihr Dasein dankt?

Amalberga
           O nur zu gut!

Doch bin ich Weib des Mannes, dem ihr flucht!
Kann ich und darf ich Dich willkommen heißen?

Thrasamund

Ich suchte meines Sohnes Rächerin,
Die von uns schied mit ihrer Mutter Segen!
Auf meiner Lippe harrt für Dich ein Fluch —.
Hart war ihr Sterben: schwer ist ihr die Erde!

Amalberga

Todt meine Mutter?! Bolchius, ist es wahr?

Bolchius

(neigt stumm das Haupt)

Amalberga

O ew'ge Götter, meine gute Mutter!
Und leiden mußte sie? O sprich — (zu Thrasamund)
nicht Du!
Entsetzen grinst aus Deinen todten Augen;
Aus Deinem Munde weht das Grab mich an!
Du, Bolchius, rede! Meine Mutter starb?
Wie starb sie — ?

Bolchius

Schwer und peinvoll war ihr Sterben.
Schon war sie vorher krank und wohl zu schwach,
Sich selbst zu retten.

Amalberga

Retten? Warum retten?
Ich bin gefaßt auf's Schlimmste, sprich es aus.

Priester

(Thrasamund zum nächsten auf der Erde liegenden abge-
brochenen Baumstamme leitend)

Sitz' nieder, Greis. Das Alter hoch zu ehren,
Bei Feinden selbst, gebietet Menschenpflicht.

Thrasamund

Hab' Dank!

(setzt sich nieder)

Bolchius

(rasch und heimlich zu Amalberga)

Entferne Theolinden! Schnell!
Was ich Dir künde, muß sie niederschmettern,
Ist sie nicht vorbereitet auf das Schreckliche.

Amalberga

So furchtbar? — Lauf', mein Kind, zu meinem Sohne.
Bewach' ihn gut, ich hege Furcht im Herzen. —

Theolinda

Doch wüßt' ich gern —!

Amalberga

Ich schicke Bolchius dann.
Versichert sei, nichts bleibt Dir vorenthalten.
Geh' fort!

Theolinda

Wenn Du befiehlst.

(zu Bolchius)

Ich wart' auf Dich!

(ab Seite links.)

V. Scene.

Vorige ohne Theolinda. Die Bühne ist jetzt voll=
ständig mit Alemannen beiderlei Geschlechts angefüllt, welche
mit regstem Antheil die weiteren Vorgänge verfolgen.

Amalberga

Und nun erzähle, halte nichts zurück.

Bolchius

Du weißt, daß Thegabrecht Dir und den Deinen
Für alle Zeiten grimme Rache schwur.
Er nahm sie sich! — Doch um den Schein zu wahren,
Als wär's nicht eig'ne, sondern Volkessache,
Hetzt' er die Edelinge rings im Lande,
Selbst Deine eig'ne Sippe wider Dich!
Vom Römerkaiser als Spion besoldet,
Gelang es ihm, nicht mit Geschenken geizend,

Burgundisch Volk zum Kriegesdienste zu dingen
Und Fürsten selbst dem Cäsar zu gewinnen.

Amalberga

Dem Cäsar dienen? — Doch nicht gegen uns?

Bolchius

Es muß doch wohl —! Das Rüsten blieb geheim;
Und als man nicht im Hause Thrasamunds
Auf gleiche Neigung stieß: hielt man für gut,
Den jungen Teutwald, der Dir wohlgesinnt
Und als Germane gen Germanen wieder
Zu Gunsten Roms das Schwert nicht ziehen wollte,
In's Innere des Landes abzuführen,
Um ihn für Dauer des geplanten Zuges
Als Geißel — Roms Legaten hinzugeben.
                    (Bewegung im Volke)

Greis

Ein Kriegszug der Burgunder gegen uns?

Andere

Vereint mit Römern?

Wieder Andere

            Es ist nicht zu glauben!

Amalberga

O braver Teutwald! Ja, Germanenblut
Durchströmt das Herz der Kinder Antabogs!
    (mit überschwellendem, fast zärtlichem Gefühlsausdruck)
O blinder Greis! Du edler Thrasamund,
Wie schätz' ich Dich um solchen Biedersinn!

Bolchius

Er ward sein Unglück! Die Verwandten alle,
Gedrängt von Thegabrecht, sie ziehen laut
Geheimen Einvernehmens uns mit Dir!
Von ihm geführt, brach eine Sclavenbande,
Vor fünfzehn Nächten unseres Hauses Frieden.
Es schlug die Flamme hoch zum Himmel auf
Und was von Menschen dort zu finden war,
Fiel unter'm Würgerbeile Thegabrechts.
Thiota, Deine Mutter, sammt dem Knaben
Aneorest, dem Sohne Ulkromürs,
Des Letz'ren Weib auch, starben in den Flammen,
In welche sie der Wüthrich werfen ließ.
Ein Zufall wollte, daß der blinde Greis
Mit mir, der ihn geführt, an jenem Abend
In stillem Beten bei der Eiche weilte,
Die Deines Vaters Aschenkrug beschirmt.
Bei einem Hörigen, ihm treu ergeben,
Verbarg ich ihn. Ich aber ging davon,
Um die verkohlte Leiche Deiner Mutter
Dahin zu tragen, wo ihr Gatte ruht.
Dort traf ich Ulkromür! — Um Teutwalds willen
War von Thiota er in's Land gesendet,
Und eben rückgekehrt, dem Streich entgangen,
Der ihn zumeist bedrohte. — Thegabrecht
Mag trotzdem jauchzen, denn er traf ihn tiefer,
Als jemals es sein blutig Schwert vermochte.
Die Hoffnung seines Alters ist dahin
Und einsam weint er an der Theuren Grab.

Amalberga

(die sich während der Erzählung an einen nahestehenden
Baum stützen mußte, um nicht umzusinken)

O schrecklich — furchtbar! Kaum ist's auszudenken.
O welch' ein Scheusal! — Nun, und Ukromür —?

Bolchius

Starr war sein Blick. Er hob die Hände auf
Zum dunkeln Himmel; seine Lippen zuckten,
Als sprächen flüsternd sie ein still Gebet.
Dann schlang er stumm den Arm um meinen Nacken
Und drückte mich an's wildbewegte Herz.
D'rauf trieb er mich, zu Thrasamund zu gehen,
Und sprach kaum hörbar: Schone Theolinden
Und Amalberga bringe meinen Gruß.
Das Letzte war's, was ich von ihm gehört.

Thrasamund

Sein stummes Beten war ein lauter Fluch!
Er schwur sich Rache und er hält den Eid.
O er ist glücklich. Er genießt die Wonne
Das Todesröcheln seines Feind's zu hören;
Ich neide ihm sein Glück! — O daß ich blind!

Amalberga

(sich mit vor Wehmuth erstickter Stimme an die Umstehen=
den wendend)

Habt ihr's vernommen, alle? Füllt nicht Schauder
Ob solcher Schandthat euer Menschenherz?
Um mich — um meiner heißen Liebe willen —
All dieses Leid! Was that ich nur so Schlimmes,
Daß Alles büßt, was meinem Herzen theuer,
Was meine Seele hier auf Erden liebt.

Thrasamund (aufstehend)

Du fragst, was Du gethan? — Meineidige,
Ein falscher Schwur verwirkt der Götter Gnade
An Allen, die dem Frevler sind verwandt!
Du schwurst: statt mir des Rächeramts zu walten
Am Sohne Chnod'mars, der den meinen schlug.
Hast Du den Eid gelöst? Die Edelinge,
Burgundens Krieger bis zum letzten Mann,
Sie haben meines Hauses Ehrensache
Zur eigenen gemacht, weil sie sich schämen,
Daß ein Burgunderkind in Lust und Freude
Mit seines Vaters Mördern leben kann!

Amalberga (in höchster Erregung)

Verstumme — alter Mann! — Es ist genug!
Ich will nichts hören mehr von einem Eide,
Der keiner war! In jener Zeiten Drang
Hätt' ich noch Anderes als dies beschworen,
Was mir mit Grauen jetzt die Seele füllt!
War' ich, da es geschah, der Sinne mächtig?
Ich sage: nein! denn zu dem Wonneschauer,
Der honigmild und wehmuthsvoll zugleich
Mein Herz erfaßte, als ein neues Leben
Unwiderlegbar Kunde von sich gab,
Gesellte sich ein peinvoll wild Gefühl,
Das man nicht nennen, nur empfinden kann!
Ich wähnte mich und meine Lieb' verrathen
Von ihm, der sie in dieser Brust erweckte.
Ich glaubte mich verachtet und verschmäht;
Ich wähnt' ihn treulos! Ach und alle Qualen,

8*

Die das Gemisch von Liebe, Furcht und Haß
In einer Frauenbrust erzeugen kann,
Durchwühlten sie in jenem Augenblick.
Da schwur ich Rache, dem Verbrecher Rache —,
Wenn er es war —, doch allen Göttern Dank,
Er war es nicht —!

(zu den Umstehenden)

Ihr wißt, wie ich ihn fand.

Priester

Ein Eidschwur bindet den, der ihn gethan
Für alle Zeit! Ob Frucht der Leidenschaft,
Ob Folge er der Ueberlegung war,
Gilt gleich! Er ward geschworen, er ist da!
Mit schwerer Krankheit und mit frühem Tode,
Straft ungelösten Eid die Gottheit schon
Auf dieser Erde! Furchtbar ist die Buße
Dereinst im Schattenreich! — Laßt sie allein!
Nicht lange mehr und in Erfüllung geht,
Was schaudernd in geheimnißvollen Runen,
Was wir im Vogelflug und Pferdewiehern,
In Wolken lasen, — was die Norne sprach!
Es naht das Ende bald und fürchterlich!

VI. Scene.

Vorige. Ein Höriger.

Ein Höriger

(hinter der Scene rechts rufend)

Weh' euch, ihr Alemannen! Wehe, wehe!

Alle

(erschreckt nach Seite rechts blickend)

Was ist's? Was soll's!

Amalberga

Noch mehr des Leid's?

Greis

Wer ruft?

Priester

Es ist ein Höriger von uns'rem Stamme.

(Der Hörige tritt auf.)

Was ist es, das Dich drückt? Sprich's aus und
schnell!

Höriger

O Fürstin — Priester — o ihr Alle hört,
Was auszusprechen sich die Zunge sträubt!
Es ist erbärmlich Volk, das der Burgunder,
Nicht glauben werdet ihr's und doch ist's wahr.
Hart an der Grenze steht mein einfach Haus,
D'rum weiß ich es genau, — ich kann ja sehen
An achtzigtausend sind's, die ausgezogen
Nach Sollicinum, wo die Römer stehen,
Heil Cäsar! rufen sie —, Tod Wilhikon!

(Große Bewegung.)

Priester

Der Norne Schicksalsspruch hat sich erfüllt!

Amalberga

So wär' es Wahrheit?!

Thrasamund

Löse Deinen Eid
Versöhn' die Götter; scheue ihren Zorn!

Erste Frau

Pfui über die Burgunden!

Zweite Frau

Withikou
Nannt' sie Germanen! Schmähte uns darob,
Daß wir sie nicht als solche gelten ließen!

Greis

(zum Hörigen)
Das ganze Heer vereinigt sich dem Römer?

Höriger

Geschlossen ward ein Bund. Sie rüsten sich
Bei Sollicinum zur Vernichtungsschlacht.
Der Nachschub unter Führung Thegabrechts,
Er schwenkte eben ab von grader Straße —,
Auf einen Ueberfall ist's abgesehen —
(nach Links deutend)
Der Herrenburg. Drum kam ich; seht euch vor!

Amalberga

Er? Thegabrecht! Verhaßt war mir der Name
Und Grimm erfaßte mich, traf er mein Ohr.
Jetzt war mir's Labsal! Mein erstarrtes Blut
Wallt wieder wie seither. Der erste Schreck,
Der es erkalten ließ, ist überwunden;
Ich finde Amalberga in mir wieder,

Die Herrscherin an Stelle Withikons!
(zum Hörigen)
Wie groß Dein Vorsprung vor dem Feindeshaufen?

Höriger

Drei Stunden wohl; sie halten noch am Walde,
Erwarten dort den Anbruch erst der Nacht.
Denn einen Tagemarsch mißt unsre Haide
Und Sonnenlicht gefährdet leicht die Schaar.
Bis Abend hast Du Zeit.

Amalberga

Auf, Alemannen!
Was noch von Männern, kampfgeübten Frauen,
An Jünglingen im Lande übrig ist,
Ergreift das Schwert! Eilt, bringt mir Schild und
Lanze
Und jagt mit mir zum wilden Waffentanz!
(zu Bertrade)
Begreifst Du jetzt? Dies war der wahre Grund,
Der Withikon bewog, ohn' uns zu ziehen.
Er ahnte, fürchtete, was kommen würde,
Und ließ in uns ein mächtig Heer zurück!
Zeigt würdig euch des Zutrau'n's eures Herrn!
Germanenfrauen ihr, gleich wie Walküren,
Fliegt über Feld mit mir und Haideland!
Die Brünne her! Rasch bringt mir Schild und Roß!
Und Du, Bertrade, magst das Schlachtlied singen,
Ihr Alle kennt's und jauchzt es fröhlich mit:
Die Mähr' von jenem großen Tag am Rheine,

Wo ihr auf der gefall'nen Gatten Leibern,
Mit euren Kindern nach den Feinden schlagt. —
Ihr Knaben, laßt des Heerhorn rings erschallen:
Wo noch zu finden alemannisch Volk,
Es sammle sich bei jenem Hügel dort
Und weih' sein Blut dem theuren Vaterland!

(zu Bolchius)

Du bleibst in Haft mitsammt dem blinden Greis,
Bis heimgekehrt ich weiteres verfüge.

(zu Einem aus dem Volke)

Führ' sie zur Burg,' lab' sie mit Speis' und Trank.
(Bolchius und Thrajamund werden nach links abge-
führt. — Jünglinge kehren zurück und theilen Waffen und
Schilde unter die Anwesenden aus.)

Greis

Sie sind Burgunder! Fürstin, sieh' Dich vor!

Amalberga

Was kann der blinde Mann dem Volke schaden?
Des Knaben Redlichkeit verbürge ich.

Priester

Und wer bürgt für Dich selbst, Burgunderin?

Erste Frau

Sinnst Du Verrath nicht auch?

Zweite Frau

Ich folgte gerne,

Doch trau' ich nicht —!

Bertrade (entschieden)

Ich aber traue ihr!

Wohl, Amalberga, ziehe uns voran

Und zeige nun — es ist der Tag gekommen,
Daß werth Du, eines Helden Weib zu sein,
Daß Du die Unf're ganz und würdig bist,
Mit ihm vereint an Wotans Thron zu stehen.

Alle Anwesenden

(geben durch laute Ausrufe ihre Zustimmung zu erkennen)

Priester

Ihr gleißend Wort genügt mir nicht als Pfand,
Ich traue Keinem aus Burgunderland!

Amalberga

Ihr glaubt mir nicht, ihr traut Verrath mir zu?
Mir, deren Seele sich mit Abscheu füllt,
Blick ich auf diese fluchbelad'ne That
Des Volkes, dem ich einstmals angehört!
Mir, deren Herz in tausend Fetzen geht,
Denk' ich der Schmach, wenn unser tapfer Heer
Der Uebermacht erliegt, der Adler Roms
           (in die Scene links zeigend)
Dort jene Zinnen krönt und eure Töchter,
Als Geißeln für der Männer Unterwerfung,
Nach Mailand folgen dem Cäsarenheer!
Und Withikon — nicht wag' ich's auszudenken,
Gleich seinem Vater sollt' in Ketten enden!

Alle

(tumultuarisch)

Führ' uns! Wir folgen Dir und trauen Dir?

Priester

(die Menge überschreiend)

Ich nicht, beim Teut! Ihr Wort ist mir kein Pfand.

Amalberga

Du willst ein Pfand?! So höre denn und schäme,
Armsel'ger Spötter Dich in tiefster Seele,
Daß Deine Fürstin Du so schwer gekränkt.
Ich lasse Dir — sieh', wie ich Dir vertraue —
Das mir geschenkte heilig' süße Pfand,
Den Knaben Withikons, der Herrschaft Erbe,
Ich lasse ihn zurück in Deiner Hand!
Ja mehr noch: Deiner Hut vertrau' ich ihn!
Ich will nicht eher meinen Knaben sehen
Bis jenes Feld, das wir vom Hügel dort,
Nach Osten blickend, weithin überschauen,
Fußtief gedüngt ist mit Burgunderblut,
Bis wir, vor Sollicinum angelangt,
Dem Alemannenheere Hilfe brachten,
Bis Valentinian um Frieden bat.
Dann, Priester, fordr' ich meinen Sohn zurück!
Doch fiel ich schon, eh' daß mein Werk vollendet,
Und starb sein Vater ruhmvoll schönen Tod,
Dann — horche auf: eh' er als Sclave endet,
Eh' weih' sein Blut dem starken Donnergott!
Doch Eines merke: kehr' ich lebend wieder
Und meinem Kinde war ein Leid geschehen,
  — Ich kenne Dich — ich les' in Deiner Seele
Dann, Priester, stirbst Du von der Mutter Hand.
  — Mein Schild, mein Schwert! Walvater, steh'
                                  uns bei!
Tod oder Sieg, sei unser Schlachtgeschrei!
            (Alle ab nach rechts)

Verwandlung.

Gemach in Withikon's Burg. Der Prospect besteht aus einer Untermauer aus Rohziegeln; darüber eine practicable von Holzwänden eingeschlossene Gallerie. Nach der Bühne zu ist diese offen, nur mit einem Holzgeländer eingefaßt. Eine nicht gar breite Treppe führt von der Mitte der Bühne aus, hinauf. In der Ecke links oben endet die Gallerie auf einen offenen Söller, welcher außerhalb mit einer Brustwehr eingefaßt ist. Der Horizont ist durch den offenen, auf den Söller führenden Thorbogen sichtbar. — Rechts vorne eine hölzerne Pforte, welche von Innen mit einem Querbalken zu verschließen ist. Ein mit Fellen über- decktes Ruhelager befindet sich im Vordergrunde links.

VII. Scene.

Thrasamund, auf dem Ruhelager sitzend. Priester. Bolchius. Theolinda mit verhülltem Antlitz auf der Treppe liegend, welche nach der Gallerie hinauf führt.

Priester (zu Bolchius)

Sie weiß nun Alles! Ueberlasse sie
Sich selbst und ihrem Schmerze. Jede Wunde
Heilt Zeit und echter Glaube. — Geh' hinab
Und laß' Dir Labung reichen von den Mägden.

Bolchius (zögernd)

Der blinde Greis jedoch —?

Priester

So lang Du fern
Ist er in meiner Hut. Ich bleibe hier.

Bolchius
(geht Seite rechts ab.)

Thrasamund
Bin ich allein mit Dir?

Priester
Und Theolinden!

Thrasamund
He, Mädchen! — Hörst Du nicht?

Theolinda
(richtet sich auf, bleibt auf den Stufen stehen)
Befiehlst Du was?

Thrasamund
Ich will allein sein. Geh', ich brauch' Dich nicht.

Theolinda
Das Kind bedarf mein, das da oben schläft.

Thrasamund
(vor sich hin)
Das — Sündenkind! Der Knabe Withikons.
(laut) So nahe hier? Kann ich sein Athmen hören?

Theolinda
Er schlummert sanft! Du aber kannst ihn stören.
Ach thu' es nicht, denn wacht er d'rüber auf —,
Ich bin nicht fähig heut' mit ihm zu spielen,
Der Jammer schnürt mir fast die Kehle zu.

Priester
So sitze nieder bei des Knaben Lager
Und wahre seinen Schlummer. Anvertraut
Von unf'rer Fürstin wurde mir das Kind;
Geschieht ihm Leid, büß' ich's mit meinem Leben.

Theolinda
(geht still weinend die Stufen hinan und ab)

Thrasamund
(nach einer Pause)

Sag', Priester, lebst Du gerne?

Priester

Ich bin alt:
Der Erde Freuden sind mir fremd geworden,
Denn meines Landes Unglück zehrt an mir.

Thrasamund

Ich hasse nicht Dein Land und nicht Dein Volk,
— Nur seinen Fürsten! Und da seinetwegen
Dies Land in Noth gerieth in einer Sache
Die eigens mich betrifft, so nimm mein Wort,
Es kränkt mich tief des Volkes Fluchgeschick,
Leicht wär's zu wenden. Trotz dem, was geschehen,
Genügt mein Wort: Das einst vergoss'ne Blut,
Es ist gesühnt, die Tochter Antabogs,
Sie hat den Eid gelöst, den sie geschworen —
Und augenblicks, sich schämend seiner That,
Kehrt unser Heer in's Heimatland zurück.

Priester (ungläubig)

Das glaubst Du, Greis?

Thrasamund

Ich kenne die Burgunden!
Durch welche Macht es Thegabrecht gelang,
Auf diesen Weg des Abfalls sie zu leiten,
Ich weiß es nicht; doch darauf sterbe ich:

Sie werden jeden Grund willkommen heißen,
Der Umkehr möglich und entschuldbar macht.
Sag' ehrlich, Priester, liebst Du Witthikon!?

Priester

Er ist ein starker Held, ich achte ihn!
Den ruhmvoll schönsten Tod ersehn' ich ihm,
Für diesen will ich ruhlos bitten — beten —,
Denn endlos Leid schüf seine Wiederkehr.

Thrasamund

So würdest Du der Rächerfaust nicht wehren,
Wenn sie sich hebt, ihn sich'rem Tod' zu weihen?

Priester

Vom Rumpfe trennt' ich sie mit dieser Hand! —
Fiel er im Feld, so war's der Götter Wille,
Und diesem beugt ein Volk sich demuthsvoll;
Doch wenn ich auch der Ueberzeugung lebe:
Des Volkes Wohlfahrt heische seinen Tod —,
Er ist der Herr! — und ich vertheid'ge ihn!
Die ärgste Schandthat nennt' sich Fürstenmord.

Thrasamund

Reich' mir die Hand; ich achte Dich darum.
— Ich zähle achtzig Winter — wohl auch mehr —
Und möchte sterben — doch der Racheschwur,
— Du kennst ihn, Priester —, er allein hält mich
Am Leben noch! Ich denke nichts als ihn!

Priester

— Lebt nicht ein Sohn und Erbe Antabogs?
Warum löst er statt Deiner nicht den Eid?

Thrasamund

Er ist noch Kind! —

Priester

Horch' auf!

Thrasamund

Ich höre nichts.

Priester

Ich glaubte schon, der Knabe sei erwacht!
Doch war's ein morscher Stein vom Ziegeldach,
Der losgelöst, geräuschvoll abwärts hüpfte,
Eh' in des Flußes Wirbel er versank.

Thrasamund

Der Fluß — ist tief?

Priester

An dieser Stelle sicher.

Thrasamund (leise)

So hat er Raum für mich (laut) Ich möchte beten!
(aufstehend)
Nach Norden richte mir das Angesicht!

Priester

(ihn zur Treppe führend)
Die Stufen steig hinan. Am off'nen Söller
Wacht Theolinda bei des Fürsten Kind!
Du kannst nicht fehlen, offen ist die Halle,
Nach Norden blickst Du, wenn Du links Dich hältst!

Thrasamund

(sich umkehrend, für sich)

Und so steht's fest.

(laut)

Erreicht des Söllers First
Die Höhe wohl von einer Eiche Wipfel?

Priester

Kein Blätterdach wehrt freiem Blick zum Himmel.
Auf schroffem Felsen ward der Thurm erbaut,
Deß rauhe Wände wild der Fluß umrauscht!

Thrasamund

(plötzlich niedersinkend auf den Stufen der Treppe)

Schick' fort die Magd um einen Labetrunk;
Zu Ende geht's! — Die Zeit verlangt ihr Recht.
Schwach fühl' ich mich mit eins und todtenübel.

Priester

Weit war Dein Weg: noch hast Du nichts genossen.

(hinaufrufend)

He, Mädchen! Höre Du, Burgunderin!

Theolinda

(erscheint oben in der Oeffnung)

Du riefst mir?

Priester

Ja, der alte Thrasamund
Ist krank. Schnell bringe, ihn zu laben,
Recht frischen Trank. — — Nun, was besinnst Du Dich?

Theolinda

Kann ich vom Kinde weg?

Priester

Warum denn nicht?
Bin ich nicht da? — Siehst Du ihn lieber sterben?
Ist's nicht Dein Herr?!

Theolinda
(die Stufen herabkommend und Thrasamund theilnehmend
betrachtend)

Wie leidend sieht er aus!
Ja Du hast recht und schleunigst will ich gehen.
(Verworrene Stimmen draußen.)

VIII. Scene.

Vorige. Erster Bote, von Greisen und mehreren
Frauen begleitet.)

Erster Bote
(noch draußen)

Wo ist der Priester? Nein, euch sag' ich nichts;
Vor ihm erst spreche ich die Botschaft aus.

Priester

Was ist's? Herein mit Dir! Was bringst Du mir?
(geht dem Eintretenden entgegen und hält Theolinda wie
zufällig an der Schulter fest, so daß sie nicht abgehen kann)

Erster Bote

Die Nachricht von dem Untergang des Heeres!
Die Römer siegten; furchtbar war der Kampf,
Das Hilfsheer gab den Ausschlag der Burgunden!

Alle
(in wildem Schmerze)

Weh' uns, das Heer besiegt!

Priester

Ihr ew'gen Götter!
Und Withikon? Der Herzog Withikon?

Erster Bote

Ist todt!

Alle

O wehe!

Theolinda

Arme Amalberga!
Und ach, das arme Kind! O fürchterlich!

Priester

Du wolltest Labung bringen. Fort, hinaus.
(drängt sie aus der Pforte und stellt sich dann vor dieselbe,
den Eingang sperrend. Das Volk umdrängt den Boten,
einen Halbkreis bildend, so daß Thrasamund nur allein
vom Priester beobachtet werden kann)
Todt Herzog Withikon! Preis allen Göttern,
Er starb den Schlachtentod. Gesühnt die Schuld!
Und heilig sei dem Alemannenvolke
Sein Angedenken jetzt und immerdar!
(zum Boten)
Das ganze Heer, sagst Du, erlag dem Feinde?

Erster Bote

Der Anprall war zu stark. Den ganzen Tag
Schon kämpften wir und waren matt zum Tode;
Da brachen plötzlich die Burgunden vor,
— Ein riesig Heer —, es war um uns geschehen.
O eine Fläche, nicht zu überschauen,
Ist satt gedüngt mit uns'rer Helden Blut.

Ein kleiner Trupp, von Rando angeführt,
Vermochte, Dank dem Umstand, daß die Wege
Von Weibern nicht versperrt und offen waren,
Sich nach den Salzesquellen durchzuschlagen!
Von dort ward mit der Kunde ich gesandt.

Thrasamund
(hat sich währenddessen aufgerichtet und ist tastend bis zum
Ausgange nach dem Söller gelangt)
Um ist die Zeit! — Die Rache erbt sich fort!
Des Mörders Enkel ist in meiner Hand.
Zu Ende geht's! — Ich löse meinen Eid.
(verschwindet in der Bogenhalle.)
(Man hört von draußen laute Rufe. Alle wenden sich dem
Eingange rechts zu, hinter welchem Theolinda mit einer
Kanne erscheint, vom Priester aber scheinbar absichtslos
zurückgehalten wird)

Alle
Weh! Neues Unheil!

Priester
War's nicht Jubelruf?

Zweiter Bote
(noch draußen)
Laßt mich hindurch, ich bringe Freudenkunde!

Priester
(Theolinda gewaltsam zur Seite nach vorne drängend)
So gehe aus dem Wege! Hörst Du nicht?

IX. Scene.

Vorige. Zweiter Bote. Theolinda. Zum Schlusse
der dritte Bote.

Zweiter Bote

(tritt ein und wird gleich an der Pforte von den Anwesenden umringt, so daß Theolinden das Weiterschreiten
unmöglich gemacht ist)
Preis sei den Göttern, Preis sei Amalberga!
Sie hat gesiegt und die Burgunden fliehen.

Priester

Für Deine Botschaft nimm des Volkes Dank,
Soweit ein Solches noch vorhanden ist —.
Doch weit vom Schmerz wird Freude überwogen
Um den Verlust, der unersetzbar ist.
Zurück mit Dir sogleich zu Amalberga,
Künd' ihr den Tod des Herzogs Withikon,
Damit zugleich des Heeres Untergang.

Zweiter Bote (entsetzt)

Ist's möglich nur?

Thrasamund

(erscheint in der Sölleröffnung, das schlummernde Kind
auf dem Arme tragend)
    Und sage Amalberga,
Daß ihres Vaters schnöder Mord gerächt,
Daß ihres Eides sie nun ledig sei.
(verschwindet)

Theolinda

(mit lautem Aufschrei die Kanne von sich schleudernd und
die Menge durchbrechend, nach der Treppe eilend)

Priester

(eilt ihr nach und gewinnt ihr auf der Treppe den Vor=
sprung ab, sie mit der linken Hand zurückhaltend und mit
der Rechten hinausdeutend)

Du kommst zu spät. Im Abgrund liegt der Greis,
Mit ihm der Knabe! — Ihrem Staube Frieden.

Theolinda

(stürzt mit entsetzlichem Aufschrei die Stufen hinab, wo sie
von den Untenstehenden aufgefangen wird)

Priester

(oben stehend)

Es kam der Sturm; er brach die starke Eiche,
Im Fall' begrub sie angewehte Frucht!

Dritter Bote

(noch draußen)

O hört mich, hört!

Alle

(wenden sich dem Eingange zu)

Dritter Bote

(hereinstürzend, keuchend)

Die Römer rücken an,
Der Herzog Withikon —

Greis

Ist todt, wir wissen!

Dritter Bote

Verwundet — unterm Pferd ward er gefunden —,
Der Cäsar selbst — sie bringen ihn hierher —,
Gefesselt ist er — in der Römer Hand!

Alle

(in höchster Bestürzung, stehen stumm.)
(Man hört entfernte Hörnertöne.)

Priester

(ruhig und würdevoll)

Der Cäsar naht! Fort, flüchtet in den Wald!
Ich ganz allein will diesen Gast empfangen.

Der Vorhang fällt.

Fünfter Act.

Dieselbe Decoration.

I. Scene.

Valentinian. Gratianus. Centurionen und Krieger.

Valentinian

(eine Pergamentrolle in der Hand, in welcher er gelesen, zu Gratian)

Mein Bruder Valens fleht um rasche Hilfe.
Athanarich, der Gothe, den er selbst
Als Bund'sgenossen gegen Prokop warb,
Macht jetzt die Höll' ihm heiß. Was soll ich thun?
Kann ich ein Heer aus diesen Ländern zieh'n,
Die kaum ich erst nach jahrelanger Plage
Mit Hilfe der Burgunden überwand?

Gratian

Da Dir's gelungen, magst Du's immer wagen.
Die Alemannen schaden keinem mehr,
Dies Volk ist todt!

Valentinian
Wie lange denn?

Gratian
Für immer.

Valentinian

Was Du Dir denkst! Germanen sterben nie!
Wenn fünfzig fallen, stehen hundert auf.
Und gar die Alemannen! Von den Wilden
Sind sie die wildesten; nicht zu bezähmen.
Laß' ich ein stattlich Heer nicht hier zurück,
So ist, was mühsam ich nur erst errungen,
Der Blase gleich, die in der Luft zerstiebt.
Nicht einen Mann darf ich von hier entfernen.
Ich selber aber wäre zu entbehren
Und könnte wohl, von Mailand aus, ein Heer
Dem hartbedrängten Valens senden. Ja,
So soll's gescheh'n. Ich kehre augenblicks
Nach Sollicinium zurück. Du harrest hier
Und hältst mir die Burgunder fest im Auge.
Ich traue keinem.

Gratian

Wie? Sind sie uns nicht
Erprobte Freunde und Verbündete
Und Rom ergeben schon seit langer Frist?
Und haben sie nicht eben erst bewiesen,
Daß unf're Feinde auch die ihren sind?

Valentinian

Deßwegen just mißtrau' ich diesem Volke.
Es stimmt nicht zur german'schen Eigenart,
Im Handumdreh'n mit achtzigtausend Mann,
Sich Rom zu Liebe auf ein Volk zu werfen,
Das ihnen stammverwandt und Nachbar ist. —

Zumeist von allen Stämmen der Barbaren
Nahm der Burgunder Römersitte an;
Auch solche Sitten leider, die uns selbst
In dem lebend'gen Sündenpfuhl, in Rom,
Zur Ehre nicht gereichen. Denke nur
An all' die Eide, die wir ihnen schwuren
Und die wir regelmäßig wieder brachen,
Wenn's unser Vortheil war —, zu allen Zeiten —
Vom Cäsar dem Augustus angefangen
Bis auf den heut'gen Tag? Nicht Wunder wär's,
Wenn einmal sie mit gleicher Münze zahlten:
Ich rathe Dir: paß' auf!

Gratian
              Ich werd' gehorchen.

Valentinian

Und dann — mach' kurze Arbeit mit den Wilden;
Auf langen Zungenkampf laß' Dich nicht ein —.
Will nicht der Rest des Alemannenheeres
Bedingungslos vor uns die Waffen strecken
Bis übermorgen, so lang wart' ich noch),
Dann überfalle sie mit ganzer Macht
Und würge sie bis auf den letzten Mann. —
Wie ist es — ward gesandt um Amalberga?

Gratian
(sich an den nächststehenden Centurio wendend)
Ist immer noch der Bote nicht zurück?

Erster Centurio
(nach rechts blickend)
Wenn ich nicht irre, tritt er eben ein.

II. Scene.

Valentinian

Nun, kommt die Fürstin?

Zweiter Centurio

Amalberga, Herr.
Ist mit mir angelangt. Der stolze Rando,
— Der Führer jener kleinen Kämpferschaar —
Gab selbst den Rath hierzu und — sie ist da.

Valentinian

Und was sagt Rando? Will er sich ergeben?

Zweiter Centurio

Er werde Withikons Befehl vollziehen;
Den soll ihm Amalberga überbringen.

Valentinian

Oho! Er wird auch schon zufrieden sein,
Wenn Du die Antwort bringst. — Wo ist sie denn?

Zweiter Centurio

In einem Raum des Erdgeschosses weilt
Die Fürstin noch allein mit einem Sclaven,
Den unterwegs wir aufgegriffen haben
Und der des Richtspruchs harrt aus Deinem Munde.

Valentinian

Hat er an Amalberga sich vergangen,
So hängt ihn auf; was braucht es meines Spruchs.

Zweiter Centurio

So war es nicht; laß', Cäsar, Dir berichten
Wie alles kam. Schon hatten wir die Haide,
Die beider Lande weite Grenze bildet,
Zurückgelassen, als am Saum des Waldes
Ein grauenhaftes Bild dem Blick sich zeigte,
Das unwillkürlich uns zum Stillstand zwang.
An einem Eschenstamme festgenagelt
Mit schwerer Lanze, deren lange Spitze
Die Brust ihm durchgebohrt, stand Thegabrecht:
Er hing, ist richtiger. Die Arme waren
Aufwärts gebogen und mit kurzen Eisen
Im Holz befestigt. — Eh' vom jähen Schreck
Sich noch der Trupp erholt, brach aus dem Dicticht
Ein Mensch hervor, deß Anblick Amalberga
Den Anlaß gab, sogleich vom Roß zu springen. —
Dann, sonder Rücksichtsnahme auf Begleitung,
Auf Ort und vorgerückte Abendstunde,
Die uns zur Eile trieb, hob sie den Mörder
— Denn dieser war's — vom blutgetränkten Boden
Den seine Knie' berührten, schnell empor
Und drückte ihn mit unversteckter Freude
An ihre Brust. — Sie nannt' ihn Ukromür.
Und dieser wieder zeigte auf den Todten
Und jauchzend rief er: Sieh', wir sind gerächt!

Valentinian (ironisch)

Das ist ja sehr erfreulich; sieh' doch an!

Gratian

Nun, und was thatet ihr?

Zweiter Centurio

Wir faßten ihn
Und wollten ihn gebunden vor Dich führen;
Das litt die Fürstin nicht. Verbürgend sich,
Ihn selbst zu bringen vor Dein Angesicht,
Schritt sie in eifrigem Gespräch versunken
Und ihren Berberhengst am Zügel führend,
Dem Zug voran, der Sclave neben ihr.

Valentinian

Und was geschah indeß mit Thegabrecht?

Zweiter Centurio

Ich selbst versuchte es, ihn loszulösen.
Vergeblich war's, die Lanze stak zu fest.
Ich gab Befehl, die Esche anzuzünden;
Mit ihrer Asche mengt die seine sich.

Valentinian (halb für sich)

Mehr kann er nicht verlangen, der Spion.

(zu Gratian)

Ich sag' es frei, mir war er lang schon lästig,
Ich bin nicht gerne dankbar solchem Schuft.

Gratian

Nach dem Begriffe dieser Heidenvölker
Erwirbt sich der, deß Brust vom Speer geöffnet
Das letzte Blut entströmt, ein festes Anrecht
Auf spät're Unterkunft in Wotans Hallen,
Wo ihn das heiß ersehnte Glück erwartet,
Mit durst'gen Göttern Tafelluft zu theilen
Und sich zu freu'n bei Bier und Schweinefleisch.

Valentinian

Auch solche, die, wie er, ihr Volk verriethen?
Ich glaube nicht. — (ernst) Sprich nicht so leicht
                         von Dingen,
Die eines tiefen Sinnes nicht entbehren —.
Ich hab's nicht nöthig, denn ich bin ein Christ;
Doch wär' ich's nicht und hätte frei zu wählen,
So zög' ich früh'rem röm'schem Göttercult,
Trotz seiner Rauhheit, den german'schen vor.
Ehrfurcht gebietend blickt ein Volk mich an,
Deß Helden lachend sterben in der Schlacht
Und dessen Frauen in die Speere springen,
Um höchste Ehre: Wotans Tisch zu theilen!
Ich mag nicht spotten hören, merk' Dir das!
Führt mir die Fürstin vor, den Sclaven auch.
    (wendet sich) nach rückwärts und spricht mit einigen
       Offizieren. Der zweite Centurio geht ab)

Gratian
    (währenddessen halblaut zum ersten Centurio)
Er spricht nicht, wie er denkt. Jetzt braucht er sie,
Die Alemannen nämlich und Burgunder;
D'rum streichelt er. Weh' ihnen sammt den Göttern,
Wenn seine Macht hier erst gefestigt ist.

II. Scene.

Vorige. Amalberga. Ufromür vom zweiten
        Centurio hereingeführt.

Zweiter Centurio
(sich ehrfurchtsvoll gegen Amalberga wendend und auf den
            Cäsar zeigend)
Hier, Fürstin, mein Gebieter.

Valentinian
(bewundernd für sich)
Welch' ein Weib!
Wie Hoheit hier mit Anmuth schön sich paart.
(laut und gefällig zu Amalberga)
Ich danke Dir, daß Du gekommen bist;
Denn große Hoffnung heg' ich: Dein Entschluß
Werd' uns zu Gute kommen allesammt.

Amalberga
Vergönne, Cäsar, eh' Du weiter sprichst,
Daß ich ein Bittgesuch Dir unterbreite.
Verpflichten würde mich ein schnell Gewähren.

Valentinian
Rasch sprich' es aus: mich drängt es, Dir zu dienen.

Amalberga
(auf Ukromür zeigend)
Dein Hauptmann, Herr, nahm diesen Mann in Haft,
Weil einen Schurken er im Grimm erschlug,
Der ihm sein Weib und auch den Sohn gemordet.

Valentinian
Die Uebelthat wird zwar hierdurch gemildert,
Entschuldbar aber ist sie trotzdem nicht.

Amalberga
Wie ich's begreife, hat er recht gethan.
Ja, wäre nicht die That bereits geschehen,
Ich schwöre Dir's, ich selbst hätt' sie vollbracht!

Valentinian

Dann, ohne erst die Gründe zu erforschen,
Sei Dein Gesuch Dir augenblicks gewährt.
                    (zu seinen Hauptleuten)
Der Mann ist frei. Doch kann ich nicht erlauben,
Daß länger er verweilt, als nöthig ist,
Um Dir für Deine Fürsprach Dank zu sagen.

Amalberga

Gestatte nur, daß ich in wenig Worten
Ihm Auftrag noch für meinen Bruder gebe,
Zu dem er unverzüglich sich begibt.

Valentinian

Damit Du siehst, wie gern ich Dir gefällig,
Sei dies Verlangen rückhaltslos gewährt.
Wir lassen Dich sogar mit ihm allein. —
Mich ruft nach Sollicinum ohne Säumen
Ein ernst Geschäft; ich muß d'rum Abschied nehmen,
Doch nicht auf lange. Trügt mein Ahnen nicht,
So sehen wir in Mailand bald uns wieder.
Hier der Tribun, der meinen Willen kennt,
Soll Withikon in Deine Arme führen.
Auf Wiedersehen.

Amalberga (förmlich)
Cäsar, lebe wohl!

Valentinian (zu Gratian)
Von Dir erwart' ich, daß Du alles thust,
Was meine Wünsche irgend fördern kann.

Gib nach auf's Aeußerste. Jedoch die Ketten
Verliert er dann erst, wenn sein Wort er gab,
Daß er nicht an sich selber Hand will legen.

Gratian

Wenn er sein Wort dann bricht —?

Valentinian

Das thut er nicht.
Er ist ein Alemann'. Sein Wort ist heilig
Gleichwie ein Eid.

Gratian

Wenn aber sie ihn tödtet?

Valentinian

Womit? Hat sie ein Schwert?

Gratian

Ein Gift vielleicht!

Valentinian

Mit Gift befaßt sich ein Germane nicht.
Nur fließend Blut führt ihn zu Wotans Thron.
Das fürchte nicht. Für kurze Zeit allein
Laß' sie mit jenem Burschen; plötzlich dann
Bring ihren Gatten vor ihr Angesicht.
Vergiß nicht, sei nicht geizig im Versprechen —,
Brauch Deine Rednerkunst. Viel Glück! Leb' wohl!
(indem er Amalberga nochmals freundlich grüßt, geht er
mit Allen Seite rechts vorne ab. Gratian mit dem
zweiten Centurio und zwei Kriegern über die
Treppe, in die Gallerie rechts hinein.)

III. Scene.

Amalberga. Ukromür.

Amalberga

Wir sind allein. Zum erstenmale wieder,
Seit ich dies Haus verließ, mahnt ein Gefühl,
Das jäh in mir erwacht, mich schmerzenvoll,
Daß ich einst mehr als Fürstin nur gewesen,
Daß ich als Weib und Mutter glücklich war.
— Dort von dem Söller —
(mit erstickter Stimme)
Ukromür — mein Knabe!
O es war mehr als grausam.
(sinkt an den Stufen nieder und weint bitterlich)

Ukromür (mitleidsvoll)
Amalberga!

Amalberga

Laß' mich nur weinen, dieses einemal —,
Dann nie mehr wieder! Weinen zeugt von Schwäche
Und diese heißt man Sünde hier zu Lande.
Was liegt denn auch an eines Kindes Leben,
Wo nichts das Leben gilt des besten Mannes!

Ukromür

Ich achte Deinen Schmerz, doch — läst're nicht!

Amalberga

Ich weiß ja, ich verstehe Dich ganz wohl;
Ich hab' auch nicht geweint, als mir im Felde
Die Kunde ward von meines Knaben Tod.
Die Weiber alle sahen stumm mich an,

10

Und als ich bittend meine Hände hob,
Mir nur ein Wort des Trostes zu erflehen,
Da strichen sie das Haar sich aus der Stirne
Und wiesen kalt auf die vernarbten Wunden. —
Ich fühlte, wie das Menschliche erstarb
In meiner Brust; mein Blut gefror zu Eis.
Stumpf nahm ich dann die Schreckenskunde hin
Von Withikou und uns'rem tiefen Fall.

Ukromür

Denk' an das Vaterland! — Was wär' das Leben?
Ein läppisch Märchen nur und inhaltslos,
Gäb's nicht an Farben reich ein Vaterland,
Dem wir uns opfernd erst ein Leben danken,
Das ewig uns mit unsern Lieben eint.

Amalberga

So ist's gesagt. Und heilig ist der Glaube!
Nicht wahr, es ist? — Du glaubst nicht nur, Du
weißt:
Du findest Deine Gattin, Deinen Sohn,
Bei Hel einst wieder tief im Schattenreich?

Ukromür

Du sahst bereit mich, in den Tod zu gehen!
Konnt' ich nicht fliehen? Warum that ich's nicht?
Ich sehnte mich nach ihrem Wiedersehen.

Amalberga

So fest im Glauben —? Und so muß es sein!
Denn furchtbar wäre die Erkenntniß endlich,
Daß wir uns täuschten, daß wir um ein Nichts

Das Theuerste   ! O, o, ich will nicht denken!
Zu dem was mir geboten ist zu thun,
Bedarf es etwas mehr als einfach glauben.
Ich brauche Glauben, der an Wahnsinn streift!

Ukromür

Gedenke dessen, was am Grab' des Vaters
Du zu mir sprachst, vor noch nicht langer Frist!
Zum Götterdienste hielt'st Du Dich erlesen
Und all Dein Sinnen, all Dein kindlich Sehnen,
Es gipfle einzig sich in dem Gedanken,
Bei sel'gen Göttern selig selbst zu sein.

Amalberga

Ach, Ukromür, da kannt' ich nicht die Liebe!
Sie faßt das Menschenherz mit Riesenklammern
Und hält es fest mit zauberhafter Macht.
Sie erst läßt schön das Zeitliche erscheinen
Und grau'nerweckend wird uns Ewigkeit!
Ich lernte kennen ihre süßen Schmerzen,
Ich konnte schwelgen auch in herber Lust!
Des Glückes Uebermaß durft' ich genießen
Im Vollgefühle frischer Jugendkraft!
— Wenn's Sünde war, daß ich dem Drang nicht
                                    wehrte
Der urgewaltig treibenden Natur,
Wenn ich die Götterwelt damit erzürnte —,
Hab' ich so harte Strafe d'rum verdient?
Darf denn ein Gott vom Menschen wohl verlangen,
Daß göttlicher er sei, wie Götter selbst?
Warum das Kind — den unschuldsvollen Kleinen —,

Warum ihn tödten, nicht zugleich auch mich?
Warum nicht mich allein?

Ukromür

          Sag' Dank dafür!
Dir bleibt noch eine Sendung zu erfüllen,
Um welche Allgermanien Dich bewundern,
Dich Skaldensang unsterblich machen wird.

Amalberga

O grausam ist die Zeit, in der wir leben:
Nur Blut und Mord und ewig Blut und Tod!
— Was mich in Staunen setzt, ist Rando's Eifer,
Den Freund und Waffenbruder todt zu seh'n.

Ukromür

Der Herzog ward besiegt, verlor die Schlacht
Und fiel dabei nicht selbst —, ein übel Ding.
In Ketten liegt er, seine Wunden heilen:
Gefangenschaft ist schrecklicher als Tod!
Das, denk' ich mir, ist wohl ein trift'ger Grund.

Amalberga
(rasch einfallend)
Für alle Andern, nur für Rando nicht!
Ihn ziert ein menschlich Denken und Erwägen,
Er billigt nicht die unbarmherz'gen Bräuche,
Die rauhen Sitten einer finst'ren Zeit.

Ukromür

Doch muß er fügen sich der Zeit Gesetzen,
Soll man ihn zeihen nicht des Volksverraths!
Es beut kein ander Mittel sich zur Rettung

Des schwer geprüften Alemannenvolks,
Als seines siechen Fürsten rascher Tod!
Und da Burgund auf letzterem besteht,
So muß er fallen — muß — durch Deine Hand!
O Amalberga, laß' mich bei Dir weilen:
Laß' Theil mich haben an der stolzen That;
Zu Deinen Füßen —

Amalberga

    Nein, Du darfst nicht sterben
Um Theolindens willen —

Ukromür

    Teutwalds Weib
Bedarf des Schutzes ihres Vaters nicht!
Nachdem ich ihn aus Römerhaft befreite
Und er sich freudig ihr zum Gatten schwor,
Hatt' ich das Eine hier noch zu erfüllen:
Zu rächen Dich und mich an Thegabrecht.
Nun bin ich frei — !

Amalberga

    Und darum sollst Du leben!
Mein Bote sei an Rando, thu' ihm kund,
Was hier bis jetzt geschah. Der Cäsar sei
Mit der Besatzung größtem Theil soeben
Nach Norden aufgebrochen. Hoffentlich
Triffst Du schon Rando auf dem Weg' dahin:
Denn ehe Du die Haide noch durchschritten
Und Deines Auftrags Dich entledigt hast,

Wird Dir wie ihm und dem Burgunderheere
Ein furchtbar Zeichen schon am Himmel melden,
Das was geschehen sollte, auch geschah,
Daß Amalberga ihren Eid gelöst.

Ukromür

Und ich — wo find' ich meinen Frieden wieder?

Amalberga

Wenn Du in Römerblut Dich müd gebadet
Und wenn, so weit german'sche Zunge reicht,
Man nur von Rom noch wie im Märchen spricht,
Dann setze nieder Dich am heim'schen Herde,
Erzähle Teutwalds Knaben, Deinen Enkeln,
Von dem, was einmal war und nicht mehr ist:
Von Amalberga, der Burgunderin,
Die sich ein Withikon zum Weib erkor;
Erzähle ihnen auch von Thrasamund,
Von meinem Kinde und — ach Ukromür —,
Die Wehmuth faßt mich an —, es war einmal!

Ukromür

Es gehen Thüren — faffe Dich!

Amalberga

Leb' wohl!
Beeile Dich! Und küsse Theolinden —
Und bringe Teutwald meinen letzten Gruß.

Ukromür
(kniet nieder und birgt sein Antlitz in ihrer Hand)

Amalberga

Hab' Mitleid — mache mich nicht weich — und geh'!

Ukromür

(steht auf und sagt tief ergriffen)

Fahr' wohl, Du edles Herz: auf Wiedersehen!
(Zeigt auf die Erde und geht dann tiefbewegt zur Seite
rechts ab.)

Amalberga

(ihm nachblickend, dann nach kleiner Pause schmerzlich
bewegt)

Leb' wohl, mein Freund —! Vorbei, — es w a r
e i n m a l!

IV. Scene.

Amalberga. Gratian.

Gratian

(aus der hinteren Gallerie von Seite rechts)

Verzeihe, Fürstin, wenn Du warten mußtest.
Wir trafen Withikon mitsammt dem Priester
Versunken im Gebet. Ihn nicht zu stören,
Hielt ich mit den Begleitern mich zurück.

Amalberga

Der Priester bei ihm? Wie sagst Du — der Priester?

Gratian

So lang der Herzog hier im Hause weilt
Ist er um ihn. Er wartet seiner Wunden,
Vertreibt die Zeit dem Kranken mit Erzählen
Und wenn die Nacht kommt, schläft er vor der
Pforte
Des Thurmgemachs, hier in dem Säulengang.

Amalberga

Der Priester? Unser Priester?

Gratian

Ganz gewiß!
Fast rührend ist's, den alten Mann zu sehen,
Wie er der Mutter gleich, die ihren Säugling
In Schlummer singt, dem kranken Helden
Ohn' Unterlaß von Wotans Götterhain
Und von den Thaten seiner Väter spricht.

Amalberga

Das ist doch sonderbar —!

Gratian

Nicht darfst Du eifern,
Dir bleibt zu thun genug. Des Cäsars Wunsch,
Er geht dahin, den hochberühmten Helden
Sich zu gewinnen für das Römerheer.
Es winken Ruhm und Ehren ohne Zahl
Dem jetzt so tief Gebeugten. Glaube mir,
Der Kaiser meint es gut mit Dir und ihm.
Er ist kein Nero, kein Caligula!
Er liebt es nicht, als Sieger sich zu brüsten
Und den besiegten Feind im Schaugepränge,
Gefesselt dem gemeinen Volk zu zeigen.
Ihr sollt nicht hinter ihm, nein neben ihm
In Mailand einzieh'n, der Cäsarenstadt,
Als seine Freunde, die ihm frei gefolgt.

Amalberga (spöttisch)

Ah! Deßhalb liegt der kranke Held in Ketten?!

Gratian

Es schmerzt den Kaiser, daß sich Withikon
Bereit nicht finden läßt, sein Wort zu geben,
Sich selbst kein Leids zu thun. Die Vorsicht heischt,
So lange ihn in Ketten zu belassen.
Wir haben uns're Redekunst erschöpft,
Versuche Du Dein Heil mit besser'm Glück.

Amalberga

Darf ich hinein zu ihm?

Gratian

                Man bringt ihn her.
Ich hör' ihn schon. Es klirren seine Ketten.
Ein Wort nur kostet's und sie fallen ab.

V. Scene.

Vorige. In den oberen Säulengang treten, von rechts
kommend, Withikon (gefesselt) vom Priester ge=
führt; hinter diesen der zweite Centurio und zwei
Krieger.

Amalberga

(sobald sie Withikon erblickt, in höchster Extase)
O schrecklich Bild: ein Held in Sclavenketten!
O schaut herab vom hohen Wolkensitze
Germaniens Götter! Wirf den Hammer Thor,
ZersPreng' die Fesseln starker Donnergott!
Laß' einmal noch die Wonne uns genießen,
Brust uns an Brust und Herz an Herz zu schließen,
Dann Wotan schleud're Blitz auf Blitz herab,
Bereite unter Trümmern uns ein Grab!

Withikon

Ist dies mein Weib! Nehmt mir die Ketten ab.
Mein Wort darauf: ich füg' kein Leid mir zu!

Gratian

Nimm meinen Dank! Die Fesseln löset schnell!
(die Centurionen nehmen ihm die Ketten ab; zu Amalberga
gewendet)
Ich dachte mir's! Und war das Wiedersehen
Schon mit Erfolg gekrönt, wie viel wird dann
Die nächste Zukunft über ihn vermögen!
Ich lass' Dir freie Hand und im Vertrauen
Auf Deine unbegrenzte, treue Liebe,
Die sicher nur an seine Wohlfahrt denkt,
Lass' ich euch Beide mit euch selbst allein!
(zu den Kriegern)
Entfernet euch! Du Herzog Withikon,
Gib dieser Frau Gehör. Auf Deinen Wink
Steht jederzeit gewärtig ein Gefolge
Von tausend Kriegern, die der Cäsar hier
Zurückließ, um nach Mailand Dich zu führen,
Sobald Du Dich für ihn und Rom erklärst.
Das Weitere weiß die Fürstin, hör' sie an!
(verneigt sich und geht ab.)

VI. Scene.

Withikon. Amalberga. Priester.

Amalberga

(die, ohne darauf zu hören, immer starr nach Withikon
gesehen)
Mein Withikon! so sehen wir uns wieder!

Withikon

(bedeutet sie zu schweigen, dann sagt er halblaut und rasch
zum Priester)

Sieh' nach!

Priester

(geht an die Thüre rechts und blickt hinaus)

Der Gang ist frei!

(er schließt die Thüre und legt von innen den Querbalken
vor)

Withikon

Rasch denn an's Werk!

Die Zeit ist um, bald bricht die Nacht herein
Und Rando wartet auf das Feuerzeichen!

(nach dem offenen Söller zeigend)

Den Weg laß' offen noch für sie und Dich!

Priester (empört)

Für mich? Du, spotte nicht. Wir geh'n zusammen!
Du nach Walhalla, ich zur Unterwelt!
Doch sollen Wolken Dich zum Himmel tragen
Geschwängert mit verhaßter Feinde Asche,
Dann braucht es Eile!

(zu Amalberga)

Hörst Du, tapfer Weib?

Es geht an's Sterben, um ist unf're Zeit!

(ab über die Treppe, dann durch den Bogen auf den
Söller.)

VII. Scene.

Amalberga. Withikon.

Amalberga

Vor Staunen bin ich starr. Man sagte mir
Ich würde einen Sterbenden umarmen
Und sehe Dich in voller Manneskraft.
Spielt hier ein Zauber mit? Hält er Dich ab,
Dein treues Weib an Deine Brust zu drücken?
Wie? Oder fühlst Du schon im tiefsten Herzen,
Daß Deine Mörderin Du vor Dir siehst?

(die Hände nach ihm ausstreckend)
O Withikon!

Withikon

(sie stürmisch umarmend)
Willkommen, liebes Weib!
Sei mir gepriesen um des Wortes willen,
Das bebend sich aus Deiner Brust gedrängt.
Nicht Mörderin — — nein, die Erretterin
Von Schmach und Schande bist Du mir geworden.
Du herrlich Weib, mit Stolz erfüllst Du mich —;
Zugleich mit Neid —, denn was ich angestrebt
Und was seither vergeblich ich ersehnte,
In wenig Tagen war's durch Dich vollbracht.
Burgunder sind und Alemannen einig
Und Roms verhaßtes Banner sinkt zum Staub.
Und das hast Du gethan. Burgundens Fürsten,
Du führtest sie zurück zu ihrer Pflicht:
Du schlossest Frieden —

Amalberga
Ach, um welchen Preis!

Withikon
Mein Leben gilt's, das konnt' nicht anders kommen!
Den Vorwand brauchen sie der Römer wegen,
Die sonst den Abfall nicht begreifen würden.
Nun, Alemannenweib, thu' Deine Pflicht!

Amalberga
Das Alles weißt Du schon? Wohl ist es wahr:
Ich sprach das Wort, denn nur um diesen Preis
Konnt' ich ihr Heimatland den Deinen retten.
Die Alemannenfürstin nahm die That,
Die unnatürliche, auf ihre Seele;
Die Gattin aber sinkt zu Deinen Füßen
Und bittet flehentlich: verzeihe mir!
Ich kann es nicht, kann nicht den Gatten tödten.
Thu' was Du willst mit mir! Mit Dir zu sterben
Bin jeden Augenblick ich gern bereit;
Nur ford're nicht, daß ich die Hand erhebe
Um Dich zu morden —, das verlange nicht!

Withikon
So magst Du mich in Rom gefangen sehen?

Amalberga
Willst Du mit mir entflieh'n? Dort, jener Gang,
Er führt zum Fluß hinab! Du bist nicht krank:
Ich merke wohl, Du hast Dich nur verstellt,
Um sie zu täuschen. Wohl ist Dir's gelungen

Und Du that'st recht! — Wir schwimmen schnell
hinab
Bis zu dem Graben, der im weiten Ringe
Die Burg umschließt. Dort liegt ein tüchtig Boot,
Mit Zehrung wohlgefüllt und gut bewehrt:
Es trägt hinab uns zur batav'schen Insel,
Der letzten Grenze des Germanenreichs.
Dort, Withikon, dort wo. uns Niemand kennt,
Lass' uns verborgen, nur uns selber leben
Und meine treue Lieb' soll Dir ersetzen,
Was Dir an Kriegesruhm verloren geht.

Withikon

Und alle Jene, die im Felde fielen,
Die auf mich warten all' die Tage schon,
Was sagen Die von mir, dem Säumigen? —
Um mich sind sie gefallen, weil sie glaubten
An meinen Tod! — Ich selber glaubte ihn.
Und wann wär's je geschehen, daß Ambasten
Dem Kriegesherrn nicht folgten in den Tod?
Es gibt kein Beispiel! — Sie erwarten mich.
Ein stiller Schwur ist's, der uns Alle bindet,
Wenn wir im Kampf die Brust dem Feinde bieten:
Der Fürst für Alle, Alle für den Fürsten! —
Ich hab' auf dieser Erde nichts zu hoffen
Und nichts zu wünschen mehr, als dies allein:
Daß sich mein Weib, das die Burgunder zwang,
In seiner ganzen Größe wiederfinden
Und sein begonnen Werk vollenden wird.

Amalberga

Muß es denn sein! So komme! Dort vom Söller
— Umschlinge mich und spring' mit mir hinab!
Dort löste Thrasamund auch seinen Eid.

Withikon

Ich gab mein Wort —

Amalberga

      Den Römern, Deinen Feinden!

Withikon

Wem ich es gab, gilt gleich; genug, ich gab's
Und werd' es halten, wie ein Alemanne.
Doch hindern kann ich's nicht und will es nicht,
Wenn — selbst mit meinem Wissen — mir ein
                         Freund
Den Dienst erweist, den ich ihm selbst erwiese,
Wär' ich an seiner, er an meiner Statt.
Komm', setze Dich hierher und hör' mir zu.
Du weißt noch gar nicht, was sich zugetragen
Und wie's in langen Tagen mir erging,
Seit mich ein tückischer, recht schlimmer Zufall,
Fast schon verblutet, noch am Leben hielt.
      (setzen sich links auf das Ruhelager)

Amalberga

Ich hörte schon, daß Dich der finst're Priester,
Der mich so schrecklich haßt, gar sorglich pflegte,
So daß die Gattin fast entbehrlich war.

Withikon

Was nützt die Pflege dem, der sterben will.
Sieh: Mir galt stets als höchstes Ziel des Strebens
Die Festigung des vielgespalt'nen Stammes,
Die Einigung des ganzen Vaterlandes.
Doch allzu bald nur mußte ich erkennen,
Daß ich Unmögliches mir vorgesetzt. —
Um hundert Jahre — kann auch sein um tausend —
Kam ich mit meinem heilig schönen Wahne
Vom einigen Germanien noch zu früh.
Doch eb'nen wollt' ich dem, der nach mir käme
Und gleichen Zweck verfolgt, den Dornenpfad,
Indem ich Freundschaft unter Nachbarn stifte
Und mich auf's innigste dem Freund verbinde
Zum Sturz der Römer, zu Germaniens Heil!
Was mir im Leben nicht gelingen sollte,
Mit meinem Tode habe ich's erreicht!

Amalberga

Versteh' ich Dich? Wie ward es Dir nur möglich?

Withikon

Du glaubest wohl, weil ich in Ketten lag
Und weil das Schwert dem lahmen Arm entfiel,
Daß auch der Geist in mir gefesselt sei?
Das war er nicht. Schnell war ein Plan entworfen
Und mit des Priesters Hilfe ausgeführt.

Amalberga

O ich begreife: Cäsars Furcht zu bannen,
Als könntest Du entfliehen, stelltest Du
Dich leidender, als Du es wirklich warst.

Withikon

Auch meine eig'nen Freunde mußt' ich täuschen.
Nothwendig war mein Tod, doch durfte er
In Rando's und der Alemannen Augen,
Nicht als durch alten Brauch geboten scheinen,
Vielmehr als Handlung der Barmherzigkeit.
Ich kenne Rando, so nur konnt' ich hindern,
Daß sie verzweiflungsvollen Sturm nicht wagten,
Der mir nicht nützend, sie verderben mußte!

Amalberga

O nun ist alles klar.

Withikon

In jeder Nacht,
Indeß die Wachen ihn für schlafend hielten,
Entschwand der Priester dort durch jenen Gang,
Deß letzte Stufen schon der Fluß bespült.
Dann schwamm er in der reißend wilden Strömung
Bis zu dem Graben, den Du erst erwähntest:
Dort lauerten im hochgethürmten Laube
Vom Feinde ungeseh'n, vertraute Boten,
Die Nacht für Nacht an Rando Kunde brachten,
Sein Thun' ihm zeichnend für den nächsten Tag.
Was Du durch ihn erfuhrst, es kam von mir;
Und was die Römer für Gebete hielten,
Womit des Priesters Mund den Kranken stärkt,
Das waren, eingezwängt in Scaldenstäbe,
Berichte von dem Führer unser's Heers.

Amalberga

So weißt Du auch, daß in den Kellerräumen
Das trock'ne Holz, für Winterszeit geschichtet,
Von meiner Hand entzündet werden soll,
Ein Scheiterhaufen für Dein Weib und Dich?

Withikon

Wohl weiß ich es und nun erfahre Du,
Was Niemand wußte außer ihm, dem Priester,
Der mir zu einer That die Hand geliehen,
Die ihm zu Wotans Thron die Wege bahnt.
Sobald am Söller dort die Fackel leuchtet
Als Zeichen, daß die That durch Dich geschehen,
So steigen, zwanzigmal vertheilt im Graben,
Von dem Du sprachst, der weit die Burg umkreist,
Zu gleicher Zeit empor die Feuergarben,
Die sich vereinen zur gefräß'gen Schlange
Und von dem Nordwind jäh hierhergetragen
Den Hain verwandeln in ein Flammenmeer! —
An tausend Römer lagern sammt den Pferden
Inmitten des gewalt'gen Feuerrings,
Kein Ausweg ist für sie und auch nicht Einer
Entgeht dem Opferfeuer dieser Nacht!
Noch mehr — sobald sich grell der Himmel färbt
Und die Burgunder das besproch'ne Zeugniß
Für die Erfüllung Deines Schwurs gesehen;
Wenn Rando uns'rem Volke kundgethan —:
Der kranke Herzog Withikon ist todt! —,
Fällt die vereinte Macht mit Sturmesschnelle
Bei Sollicinum auf das Römerheer.

Und eher nicht wird ihre Kriegsfahrt enden,
Bis fortgedrängt, aus unser'n heim'schen Fluren,
Der letzte Römer aus den Marken schwand.

Amalberga

Und dieses große, allgewalt'ge Werk,
Du konntest es, in Ketten, stolz vollbringen?
Und ich —, wie fühl' ich klein mich neben Dir!

Withikon

Du hast das Schwerste, liebes Weib, gethan!
Denn ob Dein eigen Volk Dich auch verstoßen
Und keine Heimat Du bei diesem sand'st,
Gibst Du den Alemannen hin Dein Leben
Und den Burgundern opferst Du den Freund.
Kein And'rer durfte diese That vollführen,
So lautete der Norne Schicksalsspruch.
Er ist erfüllt! Du kamst — und glückberauscht
Wird einst ein freies, neugekräftigt Volk
Am Feuerherd zur Winterzeit erzählen
Von Amalberga, der Burgunderin,
Die selbst sich opfernd beide Stämme einte;
Die für das kurze Glück, das ihr hienieden
An ihres Gatten Brust beschieden war,
Den grimmen Haß der stammverwandten Lande
Und unverdient den Zorn der Götter trug.

Der Priester

(erscheint außerhalb des offenen Bogens, er steckt eine
brennende Kienfackel in eine auf der Balustrade befind-
lich: Hülse.

11*

Amalberga

O ich war glücklich, selig, Withikon.
Und was ich auch um meine Lieb' erduldet,
Ein einzig schöner Tag der reinsten Freude
Wog hundertfach die Zeit der Leiden auf!

Withikon

Und nun die letzte That —!

Amalberga (schaudernd)
Wär' sie gethan!

Priester
(auf der Gallerie)
Sie ist gethan; nicht braucht's der eig'nen Hand!

Withikon

Sieh' dorthin, sieh', vom Söller strahlt das Licht!
Das Zeichen sagt's: Das Holz ist angebrannt,
Die letzte Stunde ist mir angebrochen;
Die schönste, herrlichste! Erfüllt von Glück,
Wie ich es feuriger noch nie empfunden,
Ist meine Brust. — Ich presse Amalberga
Noch einmal an mein lieberfülltes Herz
Und möchte jubeln, daß durch diesen Tod
Ich mir ein Anrecht auf das Los erworben,
Statt ohne sie in Wotans Saal zu weilen,
Im Schattenreiche ihr vereint zu sein.

Amalberga

Und wird das zweifellos, gewiß geschehen?
Und unser Kind — es ist dann wieder mein?

O gib mir Wahrheit! Sage, glaubst Du das?
Ist's Deine heilig feste Ueberzeugung?

Withikon (feierlich)

Ich glaube an ein ewig Geistesleben,
Ich glaube gläubig an ein Wiedersehen.
Ich glaube an Vergeltung nach dem Tode
Und stell' mich freien Auges dem Gericht!
Was sonst ich glaube, laß' Dich's nicht betrüben,
Fällt doch der Schleier bald vor uns'rem Blick!
Gewiß ist Eines: ewig währt mein Lieben
Und dort wie hier, such' ich bei Dir mein Glück!

Amalberga

(sich jauchzend an seine Brust werfend)

Mein Withikon — o, welch' ein Himmelsbild!
Jedoch mein Schwur —?

Priester

(welcher langsam die Treppe herabgekommen war)

        Treu hast Du ihn gelöst. —
Die That war Dein; ich bot Dir nur die Hand!
Schon brennt das Holz, bald steht das Haus in
                          Flammen!
Ein Held, wie Withikon, darf nicht allein,
Darf zu den Schatten nicht geleitlos ziehen,
Eintausend Römer bilden das Gefolge.

Amalberga

Und ist kein Ausweg, auch für Dich nicht mehr?

Priester

Ich bleibe hier, ich büße meinen Frevel,
Den ich an Dir und Deinem Kind verübte,
Durch Flammentod, dem ich mich freudig weihe.

Amalberga
(in höchster Spannung)
Mein Kind! Du warst es? Nicht der blinde Greis?

Priester

Die That war mein, er lieh nur seine Hand!
Ja, Amalberga, an des Todes Pforte
Sei es gesagt: ich ließ die That geschehen,
Ich schützte nicht das mir vertraute Pfand, —
Kein Erbe sollte ihm (auf Withikon) von Dir erblüh'n.
Ich haßte Dich, weil nicht von uns'rem Stamme,
Sich dieses Landes Fürst sein Weib erkor;
Um Deiner Abkunft willen haßt' ich Dich,
Und erst Dein Sieg versöhnte meinen Grimm.
Ihm fluchte ich, weil er an dem gesündigt,
Was mir das Heiligste seither geschienen
Und was mit banger Furcht ich schwinden sah:
Des Volkes Festigkeit im heil'gen Glauben
An jene Macht, die seinen Priestern eigen
Und deren Ursprung bei den Göttern war.
Dann aber — als ich ihn in Ketten sah,
Den Mächtigen, den Stolz der Alemannen,
Da regte plötzlich sich der Mensch in mir
Und hieß mich lieben, wo ich sonst gehaßt.

Amalberga
Reich' mir die Hand, ich zürne Dir nicht mehr,
All' Denen, die mir fluchten, sei verziehen!

Withikon
Und die Dich lieben?!

Amalberga

O mein Withikon!
Nein, nein, Du sollst nicht mit nach Helheim gehen,
Dir ziemt ein Ehrenplatz in Walhall's Räumen;
Vom Speer geritzt, sollst Du hinüber ziehen!

(zum Priester)

Schaff' mir ein Schwert! Was erst mir furchtbar schien,
Jetzt wird's zum Kinderspiel, zur höchsten Freude,
Zur Ehrenpflicht! Schaff' mir ein Schwert, ein Schwert!

(Man hört vor der Thüre rechts heftiges Gepolter.)

Priester

Zurück mit euch, auf jene Treppe dort!
Die Römer drängen an, heiß wird der Boden:
Sie suchen einen Ausweg nach dem Fluß!
Mit euren Leibern bildet einen Wall,
So schaffst Du Dir ein Anrecht auf Walhall
Sammt Deinem Weib! Hinauf, die Thüre bricht!

(Er eilt die Treppe hinan und bleibt oben stehen. Amal
berga und Withikon halten die Treppe auf der obersten
Stufe besetzt. Die vordere Thüre rechts wird eingebrochen
und römische Krieger stürzen mit gezogenem Schwerte, zum
Theile auch mit Spießen bewaffnet, in wilder Verzweiflung
auf die Bühne.)

VIII. Scene.

Vorige. Erster Centurio. Krieger, gleich darauf
Gratian.

Erster Centurio

Dort vom Altane ist ein Sprung zu wagen,
Des Baumes Aeste fangen uns wohl auf!

Withikon

Zurück! Nicht Einer von euch darf entkommen!
Auch ist's zu spät zum grausen Todessprung!
Seht ihr, wie rings durch Rauch und dicken Qualm
Schon Flammen züngeln? Hört ihr das Gewieher
Von tollen Pferden, die den Hain durchstürmen?
Und hört ihr — horch! — Der Unser'n Hörnerruf!
Verloren seid ihr Alle — fahret hin!
(Von links erschallen kräftige Tubatöne. Er stürzt sich den
Angreifenden entgegen und entreißt dem Nächsten das
Schwert; eilt dann sofort auf seinen Platz zurück, mit
der Linken Amalberga umschlingend und mit der Rechten
sich vertheidigend)
Nun, theu'res Weib, mag was da will geschehen,
Vereinigt werden wir zu Wotan gehen.

Gratian
(hereinstürmend)

Verloren, keine Rettung. — Rings der Wald —
Ein Flammenmeer! Hier bricht der Boden ein,
Der Qualm erstickt —! Ha, Teufel Withikon,
Das war Dein Werk! Zum Dank nimm meinen Fluch
Und diesen Gnadenstoß —

(ersticht ihn)

Thu' mir das Gleiche!

Withikon
(ihn niederstoßend)

Ich danke Dir!

Gratian
(zusammenbrechend)

So thu' auch ich.

Erster Centurio

Hinauf!
Stoßt Beide nieder! Ueber ihre Leichen
Bahnt euch den Weg und springt hinab, hinab!

Amalberga

(die von einem Speer durchstoßen über Withikons Leiche
fällt)

Auf nach Walhall, mein Held, mein Withikon!

Priester

Vom Speer geritzt! Sie geht zu Wotan ein!

Erster Centurio

Zum Teufel meinethalb und Du mit ihr!
(will nach ihm stechen; in diesem Augenblick bricht die
hintere Pallisadenwand mit fürchterlichem Gekrache zusammen und man sieht in den von Qualm und Flammen
erfüllten Eichenhain. Gleichzeitig brechen aus dem vorderen
Bühnenboden Feuergarben und Dämpfe hervor.)

Die Römer

(in Verzweiflung umherirrend)
Verloren, alle!

Priester

(welcher mit hoch erhobenen Armen und ganz von Feuers-
gluth umwogt allein auf der Gallerie steht)

Zu der Götter Ehre!

Der Vorhang fällt.

Von demselben Autor ist im Buchhandel erschienen:

Ernst und Humor, (Gedichte und Erzählungen.) Zürich 1879.

Der flammende Stern, Dramatisches Gedicht, 2. Auflage. Wien 1879.

Eine Frau vom Theater, Schauspiel. Wien 1879.

Die Sternschnuppe, Lustspiel, Leipzig 1880. (Reclam.)

Karl der Große, Dramat. Gedicht. Wien 1880.

Der deutsche Michel, Komödie. Wien 1880.

Der Herr Hofschauspieler, Schwank. Leipzig 1882. (Reclam.)

Vom Theater, Humoristische Erzählungen. 5 Bände, Leipzig 1879—83. (Reclam.)

Im Selbstverlage:

Moses 1, 2, 18, Lustspiel. Wien 1880.

Im Banne des Vorurtheils, Schauspiel. Wien 1882.

Erratische Blöcke, freimaurerische Zeichnungen. Wien 1883.

Ein Schuß in's Schwarze! Lustspiel. Wien 1883.

Die Kohlenprinzessin, Schauspiel. Wien 1885.

Es stand geschrieben! Operette. Wien 1886.